# ようこそ、
*Flüchtlinge Willkommen!*
# 難民！

100万人の難民が
やってきたドイツで
起こったこと

今泉みね子［著］

合同出版

もくじ

## 4 高まる反対の声



## 5 アフガニスタン人の家族



## 6 イースターの大討論会

## 11 知り合い混じり合ってくらす

# 難民がドイツにたどり着くまで

← は難民のおもな避難《ひなん》ルート

ミュンヘン駅に到着した難民（EPA）

ハンガリーの高速道路を列をなしてオーストリアに向け歩く難民（AFP/Getty Images）

粗末な船で海を渡る難民。途中で転覆してしまうことも

内戦によって破壊されたシリア・アレッポの町（ロイター）

ノルウェー
フィンランド
スウェーデン
バルト海
デンマーク
アイル
ランド
イギリス
ロンドン
オランダ
ポーランド
ベルリン
ドイツ
ベルギー
チェコ
パリ
スロバキア
ハンガリー
スイス
オーストリア
フランス
イタリア
ルーマニア
クロアチア
セルビア
スペイン
コソボ
ブルガリア
ローマ
バルセロナ
ポルトガル
マドリード
アルバニア
ギリシャ
マケドニア
西バルカンルート
チュニジア
地中海
モロッコ
アルジェリア
エジプト
西地中海ルート
リビア
中央地中海ルート

1

# マックス、タミムと知り合う

## ♣見知らぬ少年

マックスがタミムにはじめて出会ったのは、2015年の秋、夏休みもそろそろ終わろうとしている、9月はじめのことだった。

マックスは家の近くの児童公園で、友だちとサッカーボールで遊んでいた。本当は児童公園ではボール遊びは禁止されているのだけれど、まだ旅行に出かけている家族が多いのか、公園にはだれもいなかったので、マックスたちはないしょでボール遊びをしていたのだ。

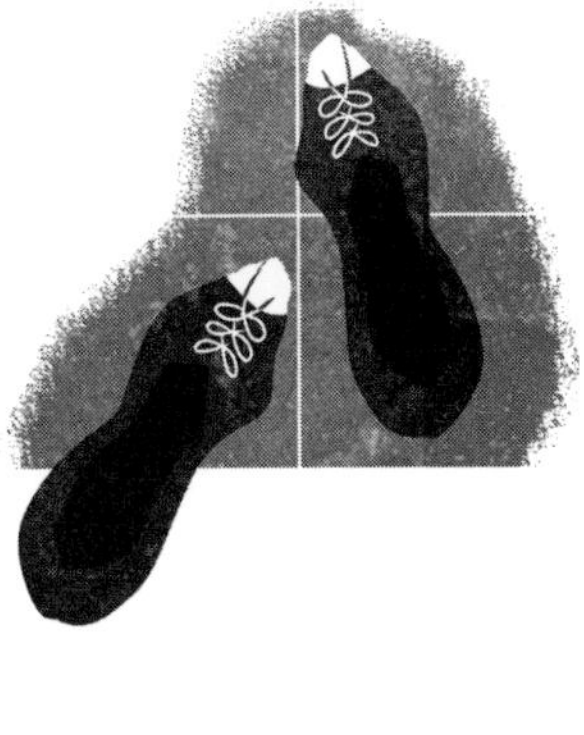

友だちがけったボールが大きくそれ、公園をふちどる生け垣《がき》に飛びこんで見えなくなってしまった。マックスは、仕方なく生け垣《がき》のしげみをかきわけてボールをさがした。ボールは、しげみの枝元に引っかかっていた。枝にほっぺたや手や足を引っかかれながら、

やっと取り出して立ち上がると、しげみの向こうにひとり、男の子が立っていた。

「あー、おどろいた。おどかすなよ」と、マックスは思わず大声を上げた。

男の子はなにもいわずに立っている。黒い髪《かみ》の毛、浅黒い肌《はだ》、二重まぶた、黒くくっきりした大きな目。このあたりでは見かけない男の子だった。

「いっしょに遊ぶ？」と、マックスはその子に聞いてみた。

男の子は「？」という顔をした。

「ぼくはマックス、きみの名前は？」

もう一度聞いてみたけれど、その子はやっぱりだまったままだった。

「おおい、ボール見つかったあ？」と、向こうから友だちの声がした。

「見つかったよ。すぐいく！」

マックスはそう返事をすると、友だちのところに走ってもどった。

マックスは生け垣《がき》の方をふり返ってみた。男の子のすがたはもうなかった。

「変なやつ」マックスは、そうつぶやいた。

マックスの学校には、外国にルーツをもつ子どもがたくさんいる。ロシアからの引揚《ひきあげ》者《しゃ》*の子、トルコ系《けい》の子、クロアチア系《けい》の子などだ。でも、たいていは祖父母や両親がなん十年も前にドイツに移り住んできているので、本人たちはドイツにすっかりなじんでいるし、ドイツ語だってもちろんペラペラだ。だから、公園で見た男の子がなにもしゃべらなかったことにマックスはとまどって、「変なやつ」だと思ったのだ。

## ♣アフナンとタミム

9月半ば。6週間の夏休みが終わって、新しい学年がはじまった。マックスは小学校4年生になった。クラスのみんなは、夏休み中にどこに出かけたかを、われ先にと話している。

「わたしはカナリア諸島《しょとう》にいったわ」「ぼくはマジョルカ島」「わたしは北海」

ドイツ人が大好きな夏の旅行先といえば、海だ。北海やバルト海に面した北ドイツの海辺とか、スペインやポルトガルの海岸・島などが定番だ。大人たちは浜辺《はまべ》やホテルのプールに寝《ね》そべって、肌《はだ》がこげ茶色になるまで日焼けするのが好きだけれど、子どもたちは浜《はま》

＊18世紀にロシアに移民したドイツ人の子孫が、1990年ごろに大量にドイツに帰った。

辺《べ》でボール遊びをしたり、泳いだり、サーフィンを習ったりと元気に動きまわる。

クラスのみんなが、ほんのりと小麦色になった顔をかがやかせて、ガヤガヤ話していると、シュライバー先生が教室に入ってきた。シュライバー先生は3年生のときも担任《たんにん》の先生だったから、マックスはちょっとほっとした。

シュライバー先生のうしろに、男の子が2人ついてきている。「転校生だな」と思った瞬間《しゅんかん》、マックスは「あっ」と思わず声を上げた。そのうちのひとりが、公園で会ったあの男の子だったからだ。

「みなさん、おはよう」

「おはようございます。シュライバー先生」

子どもたちはいつものように、声をそろえてあいさつした。

「元気そうなみなさんにまた会えて、うれしいです。夏休みはいかがでしたか。きょうから、みなさんは4年生ですね。小学校さいごの一年を、みんなで助け合いながら、たのしく過ごしていきましょう。

ところで、きょうはニュースがあります。わたしたちのクラスに新しい仲間を2人、むかえることになったのです。イラクからきたアフナンと、シリアからきたタミムです」

ざわついていたクラスが、一瞬《いっしゅん》、しずまった。

「シリアやイラクが、いま、大変なことになっているのは、みんなもテレビなどで少しは知っているでしょう。爆弾《ばくだん》で家がこわされたり、町ではげしいうち合いが起こったりして、とても危険《きけん》な状態になっているのです。

アフナンとタミムは、家族といっしょに命からがらにげてきて、やっとドイツにたどり着きました。ふたりは、まだあまりドイツ語を話せませんが、早く話せるようになるように、みんなで応援《おうえん》しましょう」

そこまでいって、シュライバー先生は教室を見まわした。

「さて、席はどこにしようかしら。なにかいいアイデアはありますか」

となりのヴァルターがめずらしく、さっと手を上げた。ヴァルターは、ふだんはもの静かで、音楽やスポーツが好きな男の子だ。

「ぼくのとなりにつくえをもってきて、横にアフナンがすわればいいよ。そして、タミムはマックスのとなりにすわってもらったらどうかな。マックス、それでいいでしょ」

思いがけない提案に、マックスは「え？　そんな」と、ヴァルターを見返した。ドイツ語をほとんど話せない子ととなり同士になるのは、ちょっと心配だ。それに、仲よしのヴァルターとはなれるのもさびしい。

でも、シュライバー先生は、「それはやさしい提案ね。しばらくのあいだはそうしましょう」といって、ほっとした顔をした。

そんなわけで、マックスとタミムはとなり同士になった。

## ♣難民《なんみん》ってなに？

その日の夕食で、マックスは、お父さんとお母さんに、イラクとシリアから新しいクラスメイトがやってきたことを話した。

「ぼくのとなりの席に、シリアからきた男の子がすわることになった。名前はタミムっていうんだけど、まだドイツ語がしゃべれないんだ」

「近ごろは、毎日、たくさんの難民《なんみん》がドイツにやってきているの。きょうも、ミュンヘン駅に到着《とうちゃく》した難民のようすがテレビのニュースで流れていたわ。難民のなかには子どももたくさんいるし、赤ちゃんもいる。タミムもきっと、難民の子どもなのね」

お母さんは、小さくため息をつきながらいった。

ミュンヘン駅のニュースなら、マックスもテレビでなん回か見たことがあった。駅におり立ったたくさんの人たちを、集まった人たちが「ウェルカム！」といいながら、拍手《はくしゅ》でむかえて、水やおかしを――子どもにはおもちゃまで――配っていた。

駅のようすがレポートされたあとは、難民がこれまでたどってきた長い道のりが画面にうつし出される。オンボロの船やゴムボートにぎゅうぎゅうづめになった人たち。船が転ぷくして海に投げ出され、おぼれかかっている人たち。やっとの思いで陸にたどり着いても、ひたすら草原を歩く人たちの列はどこまでもつづいて、終わりがないみたいだ。そして、つかれはてた表情で、どこかの駅前のぬかるみにすわりこむ人たち……。

「難民ってなに？　なんで難民になる人がいるの？」

マックスはお父さんに聞いた。

「難民というのは、なんらかの理由によって、自分のふるさとをすてて、ほかの国ににげざるを得なくなった人びとのことだよ」

「なんらかの理由って？」

「一番多いのは、ほかの国と戦争になったり、国内で武力による争いが起こったりして、自分の国に住めなくなった人びとだ。爆弾《ばくだん》で家がこわされたり、うち合いがはげしくなったりすると、命があぶなくなるから、にげるほかに道はないんだ。

国によっては、悪い政治がおこなわれて、特定の宗教《しゅうきょう》を信じる人や、特定の民族、考えをもった人びとなどが殺されたり、つかまったりすることもある。そうやって国から迫害《はくがい》された人びとは、いき場を失って国外ににげるしかなくなる」

「ふうん……」

お父さんが、できるだけわかりやすく説明しようとしてくれていることは、マックスにもわかった。でも、マックスにはそれがどんなことか、想像もつかなかった。

マックスのこまったような表情を見て、お父さんは「マックスには、まだ少しむずかしいかな」と一瞬、思案してから、話をつづけた。

「自然災害や経済的《けいざいてき》な理由で、国を出る以外に方法がなくなる人びともいる。砂漠化《さばくか》や干《かん》ばつ、洪水《こうずい》、地震《じしん》などで農地を失ったり、食べものや飲み水を手に入れられなくなったりした人びとが、ひどい空腹《くうふく》や栄養失調、病気にたえかねて国境をこえていくんだ。あるいは、国での仕事がまったくなくて、生きていけなくなった人びとも難民になる」

「いろんな理由があるんだね……」

マックスはすっかり混乱《こんらん》してしまった。

「世界地図をもってきてごらん」

お父さんにうながされて、マックスはとなりの居間にいき、本棚《ほんだな》から地図帳をぬき出して、食卓《しょくたく》にもどった。

「タミムはシリアからきた子で、アフナンはイラクからきた子だって、シュライバー先生がいってた」

「ここがドイツだ。シリアやイラクはドイツよりもずっと東にある——。ほら、シリアはここだ。ドイツまで、直線距離《きょり》でも3000キロメートルくらいある。イラクはもっと遠い。タミムやアフナンは、こんなに遠いところから、船で海をわたったり、自動車に乗ったり、歩いたりして、なんカ月もかかって、やっとドイツにたどり着いたんだろう」

## ♣はずかしがり屋のタミム、明るいアフナン、お人形みたいなラーマ

アフナンとタミムは、ドイツ語や社会の授業のときには別の教室に移動して、ほかのクラスの転入生といっしょにドイツ語を習う。このクラスは「ウェルカムクラス」とよばれる、ドイツ語がまだあまり話せない子どもたち専用《せんよう》のクラスだ。数学や体育、音楽など、ドイツ語がわからなくてもなんとかついていける授業は、マックスたちといっしょに学ぶ。

マックスのとなりにすわることになったタミムは、とてもはずかしがり屋だった。いつ

も下を向いてだまっている。マックスが話しかけても、首をたてや横にふるばかりだ。休み時間になっても、ほかの子と遊ぼうとせず、校庭のすみや階段《かいだん》にひとりぼっちでいる。

ヴァルターのとなりの席になったアフナンは、タミムとは正反対の性格だった。いつもニコニコ笑って、ほがらかだ。ヴァルターが身ぶり手ぶりを混じえながら、アフナンにドイツ語で話すと、アフナンが同じ言葉をくり返す。そうやって、アフナンはどんどんドイツ語を覚えていった。

ある日の昼休み、ヴァルターがアフナンに「いっしょにサッカーしたい？」と聞いた。すると、アフナンはすぐに「ヤー」といって仲間に入った。そして、つぎの日には、今度はアフナンがヴァルターにドイツ語で、「いっしょにサッカーする？」とたずねた。

「すごいなあ。ぼくも外国語をこんなにすぐに話せるようになるのかな」

マックスはちょっぴり、アフナンのことをうらやましく思った。

でも、アフナンは、その旺盛《おうせい》な好奇心《こうきしん》のおかげで、ちょっとしたトラブルにまきこまれることになった。クラスメイトに向かって、いきなり「レック・ミッヒ・アム・アーシュ（＝クソくらえ）」とか「ドレックシュヴァイン（＝不潔なやつ）」とかいったのだ。突然《とつぜん》、そんなことをいわれた子どもたちは、はじめはびっくりし、つぎにおこってアフナンを取り囲み、アフナンの胸《むな》ぐらをつかんで教室のかべにおしつけた。

あとからわかったことには、クラスメイトのジュリアンが、「クールなあいさつことばを教えてやるから、使ってみろよ」といって、アフナンに悪いことばをふきこんだのだ。

ジュリアンは、ふだんから悪いことばを使う男子だ。でも、アフナンは、それが悪いことばだとは知らず（当たり前だけれど）、いつも通りにすぐに使ったのだ。

アフナンは、なんで暴力をうけるのかわからず、胸《むな》ぐらをつかんだ子をつきとばした。

「あいつ、ほんとにいいやがったぜ！」

ジュリアンはそのようすを見て、おなかをかかえて笑っていた。

「ケンカを止めなきゃ！」と、マックスはとっさに思ったけれども、足がふるえて一歩も動けなかった。アフナンを取り囲んだ男の子たちは、みんな体が大きくて、強かったからだ。

そのとき、ヴァルターとパウルがかけつけた。ふたりはアフナンをその場から引きはなすと、「気にしないで、あっちで遊ぼうな」といって、肩《かた》を組みながら、バスケットボールコートの方に連れていった。

（かっこいいなあ。ぼくもあんな勇気があったらなあ）

マックスは、ヴァルターとパウルのうしろすがたを尊敬《そんけい》の目でながめた。

しばらくして、マックスのクラスに転校生がまた1人やってきた。金髪《きんぱつ》、青い目、すけるような白い肌《はだ》。お人形のようなその女の子がシリアからやってきたと聞いて、マックスはおどろいた。いわれなければ、よその国からきたとはとても思えない。

その子の名前はラーマといった。ラーマはとってもおしゃべりで、覚えたてのドイツ語をすぐに使って、まちがいだらけなのも気にせずに、ベラベラと話す。

「きのう、あたしね、家族とピクニックいく……、えーと、いったの。川が遊んだり、バーベキュー、えーと、えーと、それから……」

さすがのシュライバー先生も、「ラーマ。もうわかったわ。少し静かにしていましょうね」といって、ラーマのおしゃべりを止めるくらいだ。

## ♣難民はどこからくるの？

「わたしたちの仲間になったアフナンやタミム、ラーマは、『難民』といわれています。

きょうは、難民のことを少し勉強しましょう」

社会の時間でシュライバー先生がいった。

クラスは、「えーっ」とか「なんだよー」とかいう声でガヤガヤとなった。

男の子が興味なさそうに、「難民なんて、ぼくたちとはあんまり関係ないと思う……」

とつぶやいた。

シュライバー先生は、かまわず話をつづけた。

「ちょっと想像してみてください。わたしたちの町に無法者がやってきて、ものやお金をぬすんだり、金を出せとナイフやピストルでおどしたりするようになったら……。こわくて、買い物にも、遊びにも出られなくなってしまったら、みなさんならどうしますか。あるいは、地震《じしん》や津波《つなみ》で家がこわれて、電気もつかず、水も食べものもなくなってしまったら、どうしますか」

「ほかの町に引っ越す」

「どこに?」

「おじいちゃんやおばあちゃんの家とか、おじさんの家とか……」

「でも、お父さんやお母さんの仕事はどうなるのかな?」

「遠くだったら、やめないといけないのかな」

「転校もしなきゃいけなくなっちゃう……」

「えー？　友だちとわかれるのはいやだよ」

みんなは口々に話しはじめた。

「そう、そんなことになったら、自分の命をまもるためにも、ほかの場所に引っ越すしかなくなるでしょう。自分が生まれ育った町、住み慣れた町、友だちのいる町を出て、まったく知らない町に住むことになるでしょう。お父さんやお母さんはそこで新しく仕事をさがさなければなりませんし、みなさんも、転校して、新しい学校や友だちとの生活に慣れなければならなくなります」

みんなの顔が、ちょっと深刻《しんこく》になった。そんなことは考えたこともなかったからだ。

シュライバー先生は話をつづけた。

「それだけでも、とってもつらいでしょう。でも、難民とよばれる人たちは、もっとひどい目にあっているのです。爆弾《ばくだん》を町に落とされたり、家をこわされたり、家族や親戚《しんせき》の人をなくしたりした人がたくさんいます。銃撃《じゅうげき》で子どもまでが殺される毎日。知らない人がいきなり家にやってきて、理由もなくお父さんが連れていかれてしまうこともあるの」

そんな話は聞きたくない。マックスはひそかに思った。気持ちが悪くなりそうだ。

「いまお話ししたような悲惨《ひさん》な経験をしてふるさとを追われ、知らない土地で難民として生活せざるを得なくなった人びとは、世界でいま、6500万人ぐらいいるといわれています。世界の人口が70億人といわれていますから、およそ100人に1人が難民になっているのです。

難民の半分は18歳《さい》以下の子どもです。そのうちのなん十万人もが、両親やきょうだいとはなればなれになって、ひとりぼっちでにげています。

にげるといってもかんたんではありません。なん日も、なん週間もかかって、長い道のりを歩いたり、トラックの荷台の片《かた》すみにかくれたり、漁船やボートで海をわたったりして、やっと安全な国、自分たちを受け入れてくれる国にたどり着くのです。その途中《とちゅう》では、ボートが転ぷくして海でおぼれたり、病気になったりして、死んでしまう人もたくさんいます。

たとえ、無事にどこかの国にたどり着いたとしても、まわりは知らない人たちばかりで、ことばも通じません。みなさんだったら、どうするかしら」

マックスは、まるでおとぎ話を聞いているようだと思った。森のなかで魔女《まじょ》に出くわし、あやうく食べられそうになるヘンゼルとグレーテルの物語みたいで、自分が本当にそんな目に合うなんて、想像すらできなかった。

## ♣ボロボロのスーツケース

つぎの社会の時間に、シュライバー先生は、スーツケースをもって教室にやってきた。そして、まずハラという名前の女の子の話をした。

「ハラは11歳《さい》の女の子です。シリアのアレッポという町に、家族といっしょにくらしていました。ハラの住む地区も戦争にまきこまれ、砲弾《ほうだん》が炸裂するようになりました。両親は、このままでは命があぶないと考え、家族でまず、市外の親戚《しんせき》の家に避難《ひなん》しました。けれども、そこも安全ではなくなり、となりの国、レバノンの難民キャンプを目指して、命からがらにげました。やっとのことでレバノンの避難《ひなん》所にたどり着きましたが、そこではテント生活をしなければならなくなりました」

先生はそこまで話すと、いったん話を切って、もってきたスーツケースを開けた。スーツケースのなかにはハサミ、すりきれた靴《くつ》、水筒《すいとう》、1袋《ふくろ》のお米、毛布、破れた服を着た人形が入っていた。マックスにとって、スーツケースとはバカンスの荷物をつめるためのものだ。きれいな服や水着、シュノーケル、ビーチボール、お気に入りの本などをぎゅうぎゅうにつめて、海辺に出かける。けれども、このスーツケースにはそんなものはひとつも入っていなかった。

それから、先生はハラの写真をみんなに見せてくれた。

「ハラは避難《ひなん》の途中《とちゅう》でどんな目に合ったのかしら。ハラの写真を見て、みなさんはどう思いますか」

先生はそう問いかけてから、子どもたちをゆっくりと見まわした。

「かわいいけれど、悲しそうな顔をしてる。家がなくなって、さびしいのかな」

「爆弾《ばくだん》の音って、どんな音なんだろう。おおみそかの打ち上げ花火みたいなのかな」

「空から爆弾《ばくだん》が落ちてきたら、こええ」

「家もなくなって、もちものもこれだけだなんて、どうやってくらすんだろう」

シュライバー先生はつぎに、ハラがたどった避難《ひなん》の道のりを説明しながら、スーツケースの中身をひとつひとつゆかにおいて、１本の道すじをつくった。避難《ひなん》の道すじには、すてきなものはなにもない。

先生はマックスたちに、その道を自分の足で歩いてみるようにうながした。そして、にげる途中《とちゅう》で、ハラがどんな目に合ったかを想像してみるのだ。

「靴《くつ》がこわれたら、はだしで歩くほかないわね」

シュライバー先生にそういわれて、マックスたちは教室をはだしで歩いてみた。

「あ、いたい。足のうらになんかがささった」

「ゆかがべたべたしてて、気持ち悪い」

「うっ、いすに足の指をぶつけた。いってぇ！」

「では、2分間、目をつぶってみてください」

先生がふたたびうながす。

「目をつぶってすわっているのはさみしいわ。だって、とても暗いんだもん」

女の子がつぶやいた。

「では、今度はここからここまで、目をつぶって歩いてみましょう」

先生は、ゆかに印をつけながら指示を出した。

マックスも目をつぶって歩いてみた。だれかに軽くこづかれて体がふらつく。いつもとはまるでちがう感覚。自分がどのあたりを歩いているのか、なにをされているのかもわからない。

# 1　マックス、タミムと知り合う

「難民の生活というのは、まるで目をつぶって歩いているような、一寸先《いっすんさき》も見通せない、とても不安な状態なのです」

シュライバー先生のことばはなんだかむずかしかったけれど、マックスにもなんとなくわかるような気がした。地面に足がついていないような、自分がどこにいるのか、どこにいこうとしているのかもわからない、不安な気持ちだ。

# 2 ことばを見つけ、交換《こうかん》する

## ♣ザラとアリーナ

マックスには2歳《さい》下の妹、ザラがいる。

ザラはこのところ、とってもごきげんだ。家ではしょっちゅう鼻歌をうたっている。それも、耳慣れないおかしなメロディで。

ザラがごきげんなのは、新しい友だちができたからだ。

ザラがその女の子にはじめて出会ったのも、あの児童公園だった。その子はひとりで、砂場《すなば》で遊んでいた。

ザラは「いっしょに遊ばない?」と声をかけてみた。その子は、だまったままだった。でも、ザラがすべり台にのぼると、その子はあとからのぼってきて、ザラのあとをすべりおりた。ザラがブランコに乗ると、その子もとなりのブランコに乗った。

「なんだ。ホントはいっしょに遊びたいくせに。変な子」

マネされるのがいやになって、ザラはさっさと家に帰ってしまった。


ザラはその晩《ばん》、昼間、児童公園で出会った女の子のことをお母さんに話した。

「きょう、児童公園にね、見かけない女の子がいたの。髪《かみ》の毛が黒くて、長くて。目も黒くて、肌《はだ》はちょっとうす茶色の子。遊ぼうってさそったのに、なにも話さないの。ことばをなくしちゃったのかな。そのくせ、わたしのあとにずっとついてくるから、こまっちゃった。気持ち悪いの」

お母さんは、ザラの頭をそっとなでながら、やさしく答えた。

「その子はことばをなくしたわけじゃなくて、多分、わたしたちとはちがうことばを話すんだわ。きっと、大変な目に合いながら、遠いところからやってきた子なのね。ザラがいっしょに遊んであげたら、その子は元気になれるかもしれないわよ」

## ♣砂にかいたニコニコマークと月

つぎの日も、ザラは児童公園にいってみた。その子はひとりで遊んでいた。相変わらずひと言も話さない。でも、ザラを見ると、うれしそうにニコッと笑った。

まるで「わたしたち友だちだよね」といいたいようだった。

（そっか、ことばがなくても、話すことはできるのかもしれない）

ザラは砂にニコニコマークの絵をかいた。すると、その子は月の絵をかいた。そして、ふたりで笑った。心がほっこりあたたかくなった。

ザラは自分の胸《むね》を指さして「ＳＡＲＡ《ザラ》」といった。それから、その女の子を指さして「Wie heißt du《ヴィー・ハイストゥ・ドゥ》（あなたの名前は）？」と聞いてみた。通じるかどうかはわからなかったけれど。

そしたら、その子は「ＡＬＩＮＡ《アリーナ》」といった。

「やった！　通じた！」

ザラはうれしくなって、「アリーナ、アリーナ」とメロディをつけながら歌った。アリーナも「ザーラ、ザーラ」と歌った。そしてふたりでもう一度、笑った。心はもっとあたたかくなった。

こうして、ザラとアリーナはなかよしになった。ふたりはそれから、ことばを交換《こうかん》する旅に出た。ザラが砂に太陽の絵をかくと、アリーナは「シャムス」といった。

（そうか、アリーナの国のことばでは、太陽はシャムスっていうのね）

ザラもそっと「シャムス」といってみた。つぎに、ザラが絵を指さして、ドイツ語で「ゾンネ」といった。今度はアリーナが「ゾンネ」とくり返した。

ザラとアリーナはいろいろなことばを交換《こうかん》した。リンゴは、アラビア語で「トゥファーハ」、ドイツ語では「アプフェル」。お母さんはアラビア語では「ウンム」、ドイツ語では「ムッター」。国によってこんなにことばがちがうなんて、おもしろい。

ことばの交換《こうかん》をしているうちに、アリーナはどんどんドイツ語を話せるようになった。


ザラとアリーナは、ことばだけではなくて、おかしも交換《こうかん》した。ザラがもってきたマーブルケーキ、アリーナがもってきたとってもあまいおかし。マクルードっていうらしい。

ふたりは歌も交換《こうかん》した。

ザラが「チョウチョ、チョウチョ、菜の葉にとまれ……」*と口ずさむ。アリーナも歌う。ザラが聞いたこともない言葉、不思議なメロディ。小川のように静かに流れて、ちょっぴ

＊この歌のメロディは、ドイツ人のだれもが知っている童謡《どうよう》。ただし歌詞《かし》はチョウチョではなく、「子ガモちゃん、子ガモちゃん……」となる。

# 2　ことばを見つけ、交換する

り悲しい感じ……。でも、歌に合わせて手拍子《てびょうし》を打ったら、今度はたのしい歌になった。

おたがいのものを交換《こうかん》し合うって、とってもたのしい。

## ♣画用紙のお母さんと妹

タミムは、図画工作が得意のようだった。工作の時間になると、いつもの悲しそうな顔がいくらか明るくなる。新聞紙で張り子の動物をつくったときには、タミムの作品にみんなの目がくぎづけになった。ちょっと首をかしげたカラフルでひょうきんなネコ！

授業中に、ノートのすみにちょこちょこといたずらかきをすることもよくある。それを見て、マックスは思いついた。

「そうだ、ザラとアリーナがしているように、タミムとも絵をかいて話すことができるかもしれない」

午後の「宿題時間」*のあと、マックスは、タミムに紙とエンピツをさし出して、身ぶりをまじえて「いっしょに絵をかこう」といってみた。

＊ドイツでは、ふつうの授業が終わったあとに、教室で宿題をする時間をもうける小学校がある。

タミムは一瞬《いっしゅん》、とまどったような顔をしたけれど、「うん」とうなずいた。

「プフェアード（ウマ）」「アウト（クルマ）」「ツーク（列車）」……。

マックスは、いろいろなものを思いうかべては紙に絵をかき、その名前をドイツ語でいった。

タミムも自分の紙にウマやクルマの絵をかいて、アラビア語で答えた。

マックスが「これは船。これはボート」といいながら絵を見せると、タミムがゴムボートの絵をかきはじめた。ゴムボートにはたくさんの人が乗っている。スカーフをかぶった女の人、子ども、赤ん坊《ぼう》、わかい男の人たち……。タミムらしい男の子もいる。

タミムは、一心に絵をかきつづけた。紙をもう1枚《まい》とると、そこに大きな海をかいた。海の真ん中に、ひっくり返ったボートがうかんでいる。乗っていた人たちは、水につかって、大きく口を開け、手をつき出している。

「タミムも海に落ちたの？　おぼれそうになったの？」

マックスは絵のなかの少年を指さして、おそるおそる聞いてみた。

タミムはコクリとうなずいた。

（タミムはゴムボートで海をわたって、ボートが転ぷくして、おぼれそうになったところを助けられたんだ……）

それから毎日、タミムは絵をかいた。ことばでは話しきれないことを、絵でマックスに伝えようとしているかのようだった。こわされた家々。空には爆撃機《ばくげきき》。道路の奥《おく》ではなにかが爆発《ばくはつ》したように、炎《ほのお》が大きく立ち上《のぼ》っている。銃《じゅう》をかまえた男の人。戦争ごっこをする子どもたち。銃《じゅう》でうたれたり、がれきの下じきになったりして、血を流している子どもたち——。

ある日、タミムは、大人の男の人と2人の男の子が歩いている絵をかいた。

「これは——、タミムとお父さん？　この子は？」と聞いてみると、タミムは絵をさしながら、「ファーター《お父さん》、ブルーダー《お兄ちゃん》」とドイツ語でいった。ウェルカムコースのおかげで、いまではタミムも少しは話せるようになっていた。

「お母さんは？　いっしょじゃないの？」と聞くと、タミムは首を横にふった。

「お母さんと妹、トルコ」

「え、トルコにいるの？」

「うん、トルコのテント」

マックスは、タミムになんて声をかけたらいいか、わからなかった。タミムはいま、お父さんとお兄さんとだけでくらしているのだ。なんカ月ものあいだ、お母さんからも妹からもはなれて、見知らぬ町で、わからないことばに囲まれてくらすなんて、どんなにさびしいだろう。

「お母さん、やさしい？」

マックスがやっとそう聞くと、タミムは答えずに、絵をかいた。

スカーフをかぶって、丈《たけ》の長い服を身にまとった女の人が、小さな女の子と手をつないでいる。絵の上に、ポタッとなみだが落ちて、女の人の顔がにじんだ。

マックスは、社会の時間で習った難民の話を思い出した。あの時は、まるでおそろしいおとぎ話のようだと思ったけれど、タミムは、実際にそんなこわい目にあったのだ。アフナンもラーマもそうだ。タミムたちに比べたら、自分はなんて幸せなのだろう。

マックスははずかしくなった。

## ♣ひどい夢

真っ暗な夜、マックスは知らない町を走っていた。だれかに追いかけられている。追っ手がだれなのか、なぜ追いかけられているのかはわからなかったけれど、つかまったら殺されることだけは知っていた。マックスは必死でにげた。追っ手はどこまでも追いかけてくる。

家が見えた。窓《まど》からは部屋のあかりがもれている。マックスは、玄関《げんかん》ドアをたたいて「助けて、助けて！」とさけんだ。

ドアが少しだけ開いた。

「なんの用だい？」

奥《おく》から女性の声が聞こえてきた。その声は無愛想で、明らかにマックスを警戒《けいかい》していた。

「悪い人に追いかけられているんです。家に入れてください」

マックスはお願いした。けれども、声の主は、「知らない人を家に入れるわけにはいかないね」とだけいうと、ドアをバタンととじた。

マックスは家々のドアをたたいては、「助けてください！」とお願いしてまわった。ドアはかたくとじられたままか、開けてはくれても、答えはいつも同じ、「知らない人を入れるわけにはいかないね」だった。

「もうダメだ」

マックスはにげるのをあきらめて、立ち止まった。ふと、一軒《いっけん》の家がマックスの目に入った。りっぱな町なみにぽつんと建つ、粗末《そまつ》で小さな家。

これがさいごーー。マックスは心に決めてドアをたたいた。

しばらくして、カチャッと小さな音を立ててドアが開き、なかから小さな女の子が顔を出した。

「お願い、助けてほしいんだ。悪者に追いかけられているの」

マックスは両手をひざにつき、その子をのぞきこむようにしてお願いをした。

女の子はこっくりとうなずき、マックスの右手をとってなかに入れてくれた。

女の子につれられて、マックスはキッチンに入った。キッチンは明るくて、あたたかかった。マックスは、へなへなとゆかにすわりこんでしまった。まだ心臓《しんぞう》がドキドキしていた。

キッチンに女の人が入ってきた。

「こわかったでしょう。さあ、ココアをつくってあげるわ」

と、その女の人はやさしくいった。

「ありがとう……」

そういって、マックスが女の人をよく見ると、お母さんと同じ顔をした人がこちらを見てほほえんでいた。でも、マックスは、それがお母さんだとは気づかなかった。それでも、なんだかすごくほっとして、泣き出してしまった。


自分の泣く声で、マックスは目を覚ました。カーテンのすき間から、朝の光がさしこんでいる。キッチンからは、お母さんが朝ごはんのしたくをする音が聞こえてくる。

体中がだるい。マックスは、そっと自分のほおに手を当ててみた。しっとりとぬれた感《かん》触《しょく》が手の甲《こう》に伝わる。マックスはゆっくりと起き上がると、キッチンに向かった。

ココア、コーンフレーク、バターとハチミツがたっぷりぬられたパン――。テーブルには、いつも通りの朝ごはんがならんでいた。

「あー、よかった。こんなあったかい家に守られているなんて。あー、よかった。お父さん、お母さん、妹といっしょに、こわい思いもしないで、くらしているなんて」

# 3 なぜドイツは難民をたくさん受け入れるの

## ♣夜8時のニュース

あの夢を見てから、マックスは、夜8時のテレビニュースをよく見るようになった。ニュースでは毎日のように、難民のことを伝えていた。難民たちは、くる日もくる日もドイツにやってくる。ドイツを通りこしてさらに旅をつづけ、デンマークやスウェーデンなどまでいく難民もいるそうだ。

「あんなにたくさんの人たちは、どこにとまるの？　どこに住むの？」

マックスは、お母さんに聞いてみた。

「最初は臨時宿泊所《りんじしゅくはくじょ》みたいなところにとまるそうよ。学校の体育館や市民ホールのような大きな建物にベッドをならべて、しばらくは、そこで寝《ね》とまりしてもらうの。でも、施《し》設《せつ》が足りなくて、町によっては、野外にテントを張っているところもあるわ。こんなにた

くさんじゃあ、どうしようもないわね」

ニュースでは、宿泊所のようすも報道していた。どこも人であふれている。いろいろな国の人が入り混じって、せまいところでくらすので、みんなぴりぴりとしていて、ちょっとしたことでけんかになったりもする。

難民として受け入れてもらうための申《もう》しこみをするだけでも、大変そうだ。朝早くから、役所の前にたくさんの難民たちが長い列をつくって待っている。


ドイツに入ってくる難民はあとをたたなかった。9月のころには、たくさんのドイツ人が「ウェルカム」と書いた旗をふって難民をむかえていたけれども、2カ月たったいまでは、そのようなニュースは見られなくなった。かわりに、「難民が無制限に入ってくると、大変なことになる。多すぎだ。制限しろ」という声が大きくなっていた。

「ほかの国は受け入れる難民の数を制限しているし、ほんの少ししか受け入れない国だってある。ドイツばかりがなぜ難民を無制限に受け入れなければいけないんだ」と、取材のマイクに大声でうったえる人もいた。

マックスも思った。難民の人たちは、なんでドイツにばかりくるのだろうか。といって、

別に、難民のせいでマックス自身がこまったことになったわけではなかったのだけれど。

## ♣ホロコーストと難民とドイツ基本法16a条

それで、マックスは、つぎの社会の時間にシュライバー先生に聞いてみた。

「なぜ、ドイツばかりが難民をたくさん受け入れるのですか？」

「そうだ、そうだ」

「ほかの国にいけばいいのに」

マックスの疑問《ぎもん》に同調する子がつぎつぎに発言して、クラスはざわついた。

「そうね……。どう説明したらいいかしら」

シュライバー先生はちょっと眉間《みけん》にしわを寄せ、右手の指でつくえのはしをとんとんとたたきながら、しばらく考えこんだ。それから、みんなに向かって話しはじめた。

「このあいだの授業で、世界ではいま、6500万人もの人びとが難民になっていると話しましたね。そのうちの半分以上は、国内の別な場所ににげて、国内避難《ひなん》民として生活しています。残り半分の人たちは、となりの国や、近くの国に避難《ひなん》しています。

たとえば、シリアやイラクからにげた人たちの多くは、となりのトルコやレバノンなどにある難民施設《しせつ》でくらしています。こうした人たちは、ドイツにきた難民よりも、ずっと多いのです」

先生は、ここでちょっと間を入れてみんなを見わたした。でも、みんなはあまり納得《なっとく》していないようだった。マックスも、「そういったって、どの施設《しせつ》もものすごい数の難民であふれているじゃないか」と思った。

先生は話をつづけた。

「ヨーロッパまできた難民も、ドイツにだけ入ってくるわけではありません。スイス、オーストリア、デンマーク、その向こうのスウェーデンもたくさんの難民を受け入れています。それでは、なぜヨーロッパの国ぐに、とくにドイツは、たくさんの難民を受け入れているのでしょう。

『難民の地位に関する条約』というものがあります。世界で１４３の国ぐにが約束した取り決めです。この取り決めに署名《しょめい》した国ぐには、難民を受け入れ、守る義務があるのです。ドイツももちろん、この条約に署名《しょめい》をしています。

いまから70年以上前、世界中をまきこむ大きな戦争がありました。第二次世界大戦です。すでに習いましたね。

ドイツはこの戦争で、フランスやイギリスやアメリカなどと戦いました。そんな戦乱《せんらん》のさなか、当時のドイツの政権党《せいけんとう》であったナチスは、国内外の大量のユダヤ人を、自分たちゲルマン民族よりもおとった民族だと決めつけ、ユダヤ人だからという理由だけで迫害《はくがい》し、逮捕《たいほ》しました。そして、ユダヤ人の烙印《らくいん》をおして、ゲットーとよばれるせまい地区におしこめ、奴隷《どれい》のように強制的に働かせ、むごいやり方で殺してしまいました。このことをホロコーストとよびます。ホロコーストで殺されたユダヤ人は、600万人ともいわれています」

ホロコーストについては、マックスもお母さんから聞いたことがあった。でも、それが難民の条約とどのようにつながっているのだろう。

「当時、世界の国ぐにには、ドイツがこのようなひどいことをしているということを、ある程度は知っていました。ところが、ユダヤ人のために安全な生活場所を積極的に提供《ていきょう》した国はありませんでした。このことへの反省から、『難民の地位に関する条約』ができたのです。

ドイツは、ホロコーストを引き起こした張本人です。ですから、その反省もこめて、『ドイツ基本法』* ——ドイツでもっとも地位の高い法律《ほうりつ》です——でも、難民の保護を定めています。

基本法16ａ条には、『政治的に迫害《はくがい》されている者は、庇護権《ひごけん》を有する』と書かれていま
す。その人がどの国の人かにかかわらず、政治的に迫害《はくがい》されているすべての人びとは、自
分を守ってほしいとドイツ国家に申《もう》しこむ権利《けんり》をもっているということです。国の基本法
にこのような規定がある国は、ドイツのほかにほとんどないそうです。わたしたちは、ド
イツ基本法をほこりに思ってもいいのですよ」

シュライバー先生は、「どうかしら？」という顔でみんなを見わたした。でも、マック
スの心には、「ふーん、ということは、自分の国の法律《ほうりつ》のせいで、命からがらにげてきた
人を断ることはできないというわけだ。ほこりかどうか知らないけれど、悪いくじを引い
たもんだ」と、あまりやさしいとはいえない気持ちがよぎった。

＊憲法に当たる。

# 4 高まる反対の声

## ♣花火と爆弾《ばくだん》

2015年も終わりに近づき、おおみそかがきた。おおみそかの晩《ばん》だけは、マックスは夜中まで起きていてもいいことになっている。夜中の0時に町中、いや、国中で花火がいっせいに打ち上げられるからだ。一年のうち、この日だけは、だれもが花火を打ち上げることができる。

マックスも、お父さんにスーパーマーケットでいろいろな花火を買ってもらった。火をつけるとつぎつぎと打ち出される連弾《れんだん》花火、空の高いところで大きな花をさかせる打ち上げ花火、噴水《ふんすい》のようにふき上がる花火、かんしゃく玉……。マックスたちは、おおみそかの晩《ばん》のごちそうを食べてから、0時になるのをいまか、いまかと待った。

午後11時50分。マックスは、家の前の道路に飛び出して、花火の用意をはじめた。近所

の人たちも、同じように花火をもって家から出てきている。

「10、9、8、7、6、5、4、3、2、1」

「0！」

マックスの花火も、近所の花火も、遠くの花火も、いっせいに打ち上げられる。

バーン、ゴーン、シュルシュル、バシバシッ!!

爆音《ばくおん》や炸裂音《さくれつおん》が町じゅうにひびいて、花火がつぎつぎと夜空にさいた。

マックスの花火も空高く打ち上げられた。マックスはふと思った。もしかして、アフナンやタミムは、イラクやシリアできょうみたいな爆音《ばくおん》を毎日、毎日、聞いて、恐怖《きょうふ》でふるえていたのだろうか。花火ならいいけれど、アフナンやタミムが聞いていたのは、爆弾《ばくだん》や銃撃《じゅうげき》の音だ。いつ、自分の家に落ちてくるかもわからないし、いつうたれるかもわからない。どんなにこわかっただろう。アフナンやタミムはいま、どうしているだろう。町じゅうでなりひびく花火の音を聞いて、耳をふさいで泣いているかもしれない。

## ♣おおみそかのケルン

この年のおおみそかには、ある事件が起こっていた。年が明け、2016年に入ってなん日かたったころ、その事件は明るみに出た。

ケルン駅のとなりに建つケルン大聖堂《だいせいどう》前の広場には、おおみそかを祝うために、とても大勢の人びと、とくに若者《わかもの》がつめかけていた。地元の人びとだけでなく、近隣《きんりん》の町の住民や観光客もたくさん集まって、身動きもできないほどの大混雑になった。

ものすごい人ごみのなかで、男たちが複数のわかい女性を取り囲んだり、おし合いへし合いしたりした末に、スマートフォンをぬすんだり、体をさわったりしたのだ。被害《ひがい》を受けた女性はなん百人もいたそうだ。

そして、乱暴《らんぼう》をした男たちの多くが、アラブ系《けい》や北アフリカ系《けい》の外国人だったといううわさが広がった。犯人たちが難民だったかどうかははっきりしない。けれども、テレビのニュースでは連日この事件が伝えられ、難民の受け入れに反対する声はますます強くなった。

## ♣山村のバス襲撃《しゅうげき》事件

「ちょっと見て！　これ、カールおじさんの村だわ」

ケルンの事件から1カ月ぐらいたったある晩《ばん》、テレビのニュースを見ていたお母さんが、急におどろいてみんなをよんだ。

テレビ画面には、闇夜《やみよ》に1台のバスがうつし出されていた。暗くてよく見えないけれど、バスのなかには男の子たちや、スカーフをかぶった女の人たちがいて、泣き声やさけび声が聞こえる。バスの外では、憎《にく》しみと不安が混ざったような顔をした男たちが、いっせいに「帰れ！　出ていけ！　ここはわれわれの国だ！」と、どなっている。

警官《けいかん》が1人、バスに乗りこみ、泣きさけぶ男の子の胸《むな》ぐらをつかんで、むりやりバスから引きずり出した。悲鳴はさらに大きくなった。

ニュースによると、旧東ドイツ*のエルツゲビルゲ山脈の山間にある、小さな村の難民用の施設《しせつ》にひとまず入居することになった15人の難民が、専用《せんよう》バスで運ばれて村に到着《とうちゃく》したところ、これに反対するおよそ100人の地元住民らしい人びとがバスを取り囲んで、罵《ば》声《せい》を浴びせたのだそうだ。

*正式名称はドイツ民主共和国。第二次世界大戦に敗戦したナチス・ドイツは、アメリカ、イギリス、フランス、ソビエト連邦（ソ連）の占領下におかれる。1949年、ソ連占領地域《ちいき》にドイツ民主共和国が建国され、通称、東ドイツと呼ばれる。一方、アメリカ・イギリス・フランス占領地域《ちいき》には、ドイツ連邦共和国（西ドイツ）が建国される。1990年、東ドイツは、西ドイツに編入され、東西ドイツの統合が果たされた。

マックスは、冬休みにこの村に住むカールおじさんの家にとまったばかりだった。カールおじさんは、お父さんの古くからの友だちで、毎年、この時期になると、スキーにさそってくれる。それでマックス一家は、カールおじさんの家にとまらせてもらったのだった。

マックスは、カールおじさんが、お父さんとお母さんに話していたことを思い出した。

「この村も難民を受け入れなければならなくなった。でも、それに反対している人もかなりいるんだ。なにしろ、この村の人口はたったの800人だからね。移民出身者が住民全体の半分もいるような大きな町でなら当たり前のことが、ここでは通じないんだ」

テレビのニュースでは、地元民の反応も紹介《しょうかい》していた。元公民館の近くに住んでいるという中年の男性は、インタビューのマイクを向けられると、こうさけんだ。

「難民のやつらといっしょにお茶を飲むなんて、絶対にいやだね。やつらがイスラム教をやめるっていうなら、考えてやってもいい。イスラム教徒は殺人鬼《き》だ。そんなやつらがこの村に住むなんて、オレはまっぴらごめんだ！」

ニュースでは、「このできごとは村の恥《はじ》です」と、バス襲撃《しゅうげき》事件を批判《ひはん》する住民の意見も紹介《しょうかい》された。村には難民を助ける人もいる。それでも、このような意見の人は少ないのだそうだ。

小さな山村で起こったこの事件は、レイシズム（人種差別）や外国人排斥《はいせき》の象徴《しょうちょう》として、衝撃《しょうげき》と非難《ひなん》をもって、海外にまで伝えられた。

なん日かたって、事件の続報が流れた。

事件の晩《ばん》、泣きながら引きずり出された子は、レバノンからやってきた13歳《さい》の少年だった。少年はインタビューに答えて、父親と弟と3人で、イスラム教過激派《かげきは》組織の攻撃《こうげき》からにげてきたと話していた。

ドイツにきてからたった3カ月しかたっていないというこの少年は、もうドイツ語を話せるようになっていた。それで、父親のために通訳《つうやく》をしていた。

マックスは、まるでアフナンのようだと思った。少年の母親は、まだレバノンにいるので、夜になるとお母さんが恋《こい》しくなって泣いてしまうという。この話を聞いて、マックスは、タミムがかいたお母さんの絵を思い出した。タミムのなみだでにじんだ絵を。

## ♣市の説明会

マックスの町でも、難民用の住宅《じゅうたく》をつくる計画がもち上がった。マックスたちが住む地区から数ブロック先に建つ、閉鎖《へいさ》されたホテルを改築するという計画だ。マックスの両親は、市の説明会に出かけていった。

難民用住宅《じゅうたく》に賛成する人と反対する人とのあいだで、はげしい議論《ぎろん》になった。

反対派《は》からは、「難民にはわかい男が多いから、年ごろのむすめにちょっかいを出すのではないか」「空き巣やスリなどの犯罪が多くなるのではないか」といった意見が出た。

「住宅《じゅうたく》が不足しているのに、難民のためには市があてがうというのは、不公平ではないか」「町にイスラム教の信者が増えるのはいやだ」などという声も聞かれた。

話し合いは数時間にもおよび、お父さんとお母さんは、夜おそく、くたくたになって帰ってきた。

お母さんは、お父さんに不満をぶつけた。

「難民の住むところがなかったら、町にホームレスがあふれて、もっと大変なことになるでしょうに。難民のせいで犯罪が多くなるなんてことも、証明されていないのよ。なにも起こっていないうちから心配ばかりするなんて、おかしいとは思わないのかしら」

お母さんは、学生時代にインドやモロッコなど、いろいろな国ぐにを旅した経験がある。だから、外国人と知り合って、親しくしたり、助け合ったりするのはふつうのことなのだ。

お父さんは、やや慎重《しんちょう》だった。

「どの町も、受け入れる難民の数をわり当てられている。だから、かれらをどんなところに住まわせようが、この町に住む難民の数自体はへらない。問題は、どうやって、住民とのあつれきを少なくして、犯罪も起こらないようにするかだな。感情や理想主義だけでは問題は解決しないよ」

## ♣火事

「マックス！　起きなさい、マックス！　目を開けて」

お母さんの声が遠くから聞こえる。

「マックス。ちょっと、起きて！」

「んー？」

今度はお母さんに肩《かた》をゆすられた。やっとのことでマックスは目を開けた。

「火事よ。近くだわ。起きて！」

お母さんは、めずらしくあせっていた。

消防車のサイレンの音が聞こえる。パトカーも出動しているようだ。

マックスはとび起きて、部屋の窓《まど》から外を見た。空が赤くそまり、炎《ほのお》と黒いけむりがもうもうと立ち上《のぼ》っているのがはっきりと見える。近い。すぐそこだ。

家のドアがバタンととじる音がした。お父さんが確認《かくにん》してきたのだ。

「どこで火事なの？」

「どうやら、ホテルらしい。難民住宅《じゅうたく》に改築することになった、あのホテルだ」

数日後、この火事が放火によるものだったことがわかった。そして、さらに数日後、犯人が逮捕《たいほ》された。市のわかい消防士だった。屋根にガソリンをまいて、火をつけたのだそうだ。まだ改築前だったため、なくなった人やけがをした人はいなかった。

「難民はみな犯罪者だと、みんながいつもいっていたので、こわかった。難民が住むようになったら大変だと、自分や家族のことが心配で、夜もねむれなかった。それで、難民が住めないようにしたかった。人が住みはじめてからではおそいから、火をつけるのは、

# 4　高まる反対の声

いましかないと思った」

警察《けいさつ》の取り調べに、消防士はそう答えたそうだ。

実は、今回のような事件はドイツじゅうで起こっていた。難民用の施設《しせつ》が襲撃《しゅうげき》される事件は、2015年の1年間で1000件近くも発生した。空き家だけでなく、実際に難民が住んでいる建物が放火される事件もあった。そして、犯人の大半は見つかっていない。

マックスはタミムのことを考えた。故郷《こきょう》の町が破壊《はかい》され、にげる途中《とちゅう》でボートが転ぷくし、海に投げ出され、野外で寝《ね》とまりし、食べるものも満足に食べられず……。やっとのことでドイツにたどり着いたのに、また火をつけられたりしたら。

# 5 アフガニスタン人の家族

## ♣「難民家族と知り合う会」

2月のある週末に、難民を支援《しえん》する市民団体が主催《しゅさい》する「難民家族と知り合う会」というイベントが、マックスの学校の体育館で開かれた。難民の人たちと地元住民がいっしょにお茶やコーヒーを飲んだり、ボランティアの人たちが用意したケーキを食べたりしながらおしゃべりをして、交流を深めるイベントだ。

マックスは、家族みんなでイベントに参加した。

学校に着くと、イベントはもうはじまっていた。体育館には、細長い折りたたみ式の木のテーブルとベンチがなん列もならべられて、200人ぐらいの人が集まっていた。ちょうど地域《ちいき》のお祭りや、学校の文化祭の食事会場といった感じだ。

会場のすみの方では、難民らしいわかい男の人たちが輪になっておどっている。別の男

の人たちは、耳慣れない歌を大声で歌っている。故郷《こきょう》の歌らしい。けれども、大声でさわいでいるのは男の人ばかりで、女の人はみんなベンチにすわってお茶を飲んでいた。ほとんどの女の人はスカーフをかぶり、すそもそでも長い服をまとっている。小さな子どもを連れている人も多かった。

ドイツ人の参加者は、難民よりもずっと少なくて、20人もいなかった。

マックスたちは、空いている席をさがした。2人の子どもを連れた女の人の向かい側が空いていたので、マックスたち4人はそこに横ならびにすわった。

マックスは、このような知らない国の人ばかりのイベントに参加するのははじめてだったので、少しとまどった。男の人たちのさわぎ声が気になって落ち着かない。お父さんも、なんだかそわそわしている。

でも、お母さんはちがった。席につくなり、向かいの女性にさっと右手をさし出して、「こんにちは。わたしはマリアよ。あなたの名前は?」と笑顔で話しかけたのだ。

女の人はこまったような顔をした。手も出さない。お母さんのいっていることがわからないらしい。お母さんは、今度は自分の胸《むね》に指をさして、「マ・リ・ア」とはっきりいった。それから、女の人に向かって指さして、「あなたは？」と聞いた。

今度は通じたらしい。女の人はちょっとほほえむと、「リザ」と小声でいった。お母さんは握手《あくしゅ》をまずはあきらめて、今度はマックス、ザラ、お父さんを指さして、それぞれの名前をいった。それから、リザのひざにすわっている2歳《さい》くらいの男の子を指さして、大きな声で「この子の名前は？」と聞いた。

リザは「ビラール」と答えた。

お母さんは、「2歳《さい》？　3歳《さい》？」と聞きながら、手の指で数字をつくった。リザは指を3本立てた。となりにすわっていた女の子は5歳《さい》で、名前はファリーダというのだそうだ。

リザはとてもやつれた顔をしていて、口を開くのも重そうだった。

（リザだってわかいはずなのに。きっと、いろいろ大変な目にあったのね）

お母さんは、リザの顔を見ながら、リザのためにできることを考えていた。

そのとき、リザの夫が席にもどってきた。

「はじめまして。わたしはディーターです。お名前は？」

今度はお父さんが話しかけた。

リザの夫の名前はナジーブといった。ナジーブはドイツ語が話せないながらも、身ぶり手ぶりでマックスのお父さんと会話をした。たどたどしい話から、ナジーブ一家がアフガニスタンのヘラート出身で、3カ月前にトルコ経由でドイツにたどり着いたということだけはわかった。マックスは、ときおり見せるナジーブの笑顔がさわやかだなと思った。

マックスたちは、1時間ほどナジーブたちと話をしたあと、おたがいの住所と電話番号を交換《こうかん》して、会場を出た。

## ♣つらい避難《ひなん》の旅

翌日《よくじつ》、マックスのお母さんは、イベント会場で考えたことをさっそく実行した。まず、書店でナジーブたちが話すダリー語の辞書を買い、つづいて、スマートフォンに通訳《つうやく》アプリをインストールし、数日後には、難民受け入れ施設《しせつ》のナジーブ一家をひとりでたずねていったのだ。

お母さんは、とくにリザから話をたくさん聞いた。そうしてやっと、ナジーブたちが難民としてにげてきた理由がわかった。

ナジーブは、ヘラートで自動車整備工として働いていた。ある日、とつぜんイスラム原理主義組織「タリバーン」*の男たちが家におしかけてきて、「タリバーンのために働け」とナジーブにせまった。

けれども、ナジーブはそれを断った。すると、男たちは「よく考えておけ」と命令するように告げて、いったんは家を去った。ところが、数日してまたやってきて、「タリバーンに協力しなければ、子どもたちを殺すぞ」とナジーブをおどしたのだ。

いくらおどされても、ナジーブはタリバーンに協力することなど考えられなかった。ナジーブとリザは、「自分たちの命はともかく、子どもたちの命だけは絶対に守らなければ」と、すぐにアフガニスタンからにげ出すことを決心した。こうして、2015年の秋、バスやトラックをのりつぎ、さいごは歩いて国境をこえ、となりのイランに入ったのだった。

その後、ナジーブ一家は、さらにイランのとなりの国、トルコまでにげ、そこから、ゴムボートでヨーロッパの玄関口《げんかんぐち》、ギリシャにわたった。そうして、ハンガリー、オーストリアなどを通り、アフガニスタンを出てから2カ月以上かかって、やっとドイツにたどり

＊アフガニスタンのイスラム原理主義組織。一時はアフガニスタンの大部分を支配していた。女性の通学・就労《しゅうろう》を禁ずるなど厳格《げんかく》なイスラム法を適用する。バーミヤーンの世界的な仏教遺跡《いせき》を破壊《はかい》して、国際社会の非難《ひなん》を浴びた。

着いた。

リザはもっとつらい体験をしていた。アフガニスタンからにげることを決めたとき、リザのおなかには赤ちゃんがいた。けれども、避難《ひなん》の旅はあまりにきびしく、リザは途中《とちゅう》で赤ちゃんを失ってしまったのだ。そうして自分もあやうく死にかけた。

(リザがいつも悲しそうな顔をしているのは、そんな理由があったのね……)

マックスのお母さんはリザに心から同情し、日常生活をできるだけ助けてあげようと強く心に決めた。

それからは、ときどきリザをたずねていっしょに買い物をしたり、必要品がどの店で手に入るかを教えたり、役所からの手紙を読んで説明してあげたりするようになった。

## ♣ちょっとしたいきちがい

数週間がたち、お母さんはナジーブ一家とどんどん仲よくなっていったけれども、マックスたちは、そのあと一度もナジーブたちに会うことはなかった。それで、お母さんは、思い切ってナジーブ一家をマックスの家に招待することにした。

「今度の日曜日の午後3時に、みんなでわが家にいらしてください。ワッフルをいっしょに焼いて、お茶をたのしみましょう」

お母さんはリザにそういって、家までの地図をかいてわたした。

日曜日。マックスたちはワッフルの材料を用意して、ナジーブたちがくるのを待った。午後3時、約束の時間になった。けれども4人はこない。ドイツでは、招待された時間ぴったりにいかずに、わざと10分ぐらいおくれて到着《とうちゃく》するのが礼儀《れいぎ》と考える人——食事などの準備が整っていないことを考え、時間通りに訪問《ほうもん》して、相手をせかしてしまわないようにするため——もいるので、最初はマックスたちも気にとめなかった。けれども30分待っても、ドアのベルはチリンともならない。

お母さんは、ナジーブの携帯《けいたい》電話に電話をしてみた。けれども、電源《でんげん》が切られているようで通じない。

「なにかあったのかもしれないわ」

心配になったお母さんは、一家が住む施設《しせつ》に出かけていった。

ナジーブたちは、ずっと難民用の一時受け入れ施設《しせつ》でくらしている。お母さんは、いつものようにナジーブたちの住む部屋のドアをノックして、「リザ！　ナジーブ！　マリアです。いらっしゃる?」と声をかけた。

すると、部屋のなかからあわてたような物音と、なにかいい合う声が聞こえ、やがてナジーブが顔を出した。

「こんにちは、ナジーブ。みなさんだいじょうぶ? まさか、なにかトラブルがあった? きょうの3時に、わたしの家でいっしょにワッフルを焼く約束をしていたはずだけれど」

お母さんがそう聞くと、ナジーブは、こまったような顔をしながら、「頭がいたくて」「子どもがぐずって」などと、いいわけをするような身ぶりをした。

これには、さすがのお母さんもちょっとムッとしてしまった。でも、お母さんはその気持ちをぐっとこらえ、笑顔をつくって、「では、つぎの日曜日はどう? 今度は、きっときてね」とゆっくり、はっきりとしたドイツ語で話しかけ、日時を書いたメモ用紙をナジーブにわたした。

「約束」に対する受け止め方が、ドイツ人とアフガニスタン人たちとでは、ちがうのかもしれない——。マックスのお母さんは、ナジーブたちの住む施設《しせつ》から帰る道すがら、そう考えた。

ずっとあとになって、お母さんは、難民と交流のある友だちに、このときの経験を話した。すると、友だちは「中東の人たちって、『今度の日曜日にいっしょになにかをしましょう』といっても、『また会いましょうね』くらいの社交辞令に考えて、しっかりとした「約束」と受け止めないこともあるのよね」とさらっと答えた。

「だからあんな顔をしたんだわ」お母さんは納得《なっとく》し、それから、ちょっと反省した。

## ♣「友だちだから」

つぎの日曜日。ナジーブたちは、今度は時間通りにマックスの家にやってきて、ワッフル焼きをしてたのしんだ。ビラールとファリーダは、広い部屋でザラとマックスに遊んでもらえて、すっかりはしゃいでいる。

おなかがいっぱいになり、みんなでお茶を飲みながらくつろいでいると、ナジーブが神妙《しんみょう》な顔をして、「つぎは、わたしたち、ごちそうしたいから、ぜひ、きてください」といった。

「え？」

マックスは、一瞬《いっしゅん》ギクッとした。お母さんから、ナジーブたちが共同キッチンに共同シャワー、それに1部屋に2家族というところでくらしていると聞いていたからだ。

「お返しなんて、そんなこと、気にしないで」

お母さんとお父さんも遠慮《えんりょ》した。けれども、ナジーブは身ぶり手ぶりを交え、「いいえ、いいえ。わたし、どうしても、あなたたち、招待したい」といってゆずらなかった。

それで、つぎの週末、今度はマックスたちが、ナジーブ一家を訪問《ほうもん》することになった。


部屋を見て、マックスはショックを受けた。

ふたつの家族を仕切るのは、白いそまつな生地《きじ》のカーテン1枚《まい》だけ。カーテンの前には、二段ベッドと洋服ダンス、それに小さなテーブルが1台、いすが2脚《きゃく》置いてあるだけだった。となりの家族の声はもちろん、ろう下で子どもがさけぶ声、遠くの部屋でだれかがどなる声まですっかり聞こえてくる。

「こんなせまい部屋に4人でくらしているなんて……」

ナジーブは、身ぶり手ぶりで「どうぞ、すわって」とマックスたちにすすめてくれた。でも、部屋にはいすは2脚《きゃく》しかない。まごまごしていると、それに気づいたナジーブは、どこからかいす2脚《きゃく》とオフィス用のつくえを運んできた。それから、共同キッチンから皿やナイフ、フォークなどをもってきて、つくえにならべた。

しばらくすると、リザが料理を運んできた。レーズン入りライス、ミートボールとナスのトマトソースがけ、お好みでヨーグルトソース。

マックスはレーズン入りライスがとくに気に入った。共同のキッチンとせまい部屋で、さぞかし不便だろうに、こんなに一生懸命《いっしょうけんめい》ごちそうをつくってくれたことが、とてもうれしかった。

食事が終わると、ナジーブがスマートフォンでとった故郷《こきょう》の写真を見せてくれた。住み慣れた家、働いていた自動車整備工場、友人と笑顔でカメラにおさまるナジーブ——。写真からは、アフガニスタンがどんな国なのかよくわからなかったけれども、ナジーブたちが故郷《こきょう》で幸せにくらしていたことは、マックスにもよく伝わってきた。それから、マックスとザラは、ナジーブの子どもたちと遊んだ。

気がつくと、時計は夜の9時をまわっていた。小さなビラールとザラは、二段ベッドの上の段でねむっている。

「ずいぶんとおそくなってしまった。そろそろ帰ろうか」

お父さんがそういうと、お母さんも「そうですね」といって、マックスたちは立ち上がった。お父さんはザラを抱え上げた。そして、おたがいになん度もなん度も「ありがとう」といい合って、ナジーブの部屋を出た。

その後、なんカ月かして、ナジーブ一家は新しい部屋に移ることができた。古いオフィスビルを難民用の住宅《じゅうたく》につくりかえたもので、今回もキッチンとトイレ、シャワーは共同だけれども、家族だけでひと部屋を使えるようになったのだ。これだけでも、グレードアップだ。家賃《やちん》と暖房《だんぼう》費は市が負担《ふたん》してくれ、そのほかに生活費も、ギリギリ生きていける程度にはもらえるそうだ。

ドイツに入国してから3カ月以上がたっていたので、ナジーブはドイツで仕事をさがすことができるようになった。ナジーブは、ドイツでもぜひ自動車整備の仕事をしたいと思っていたけれども、まだドイツ語がほとんどできず、求人情報をさがすこともできない。だから、毎日することといったら、難民のためのドイツ語講座《こうざ》に通うだけだった。

そこで、ナジーブは、なにかというと、マックスの家族を手伝いにきてくれるようになった。家具運びやペンキぬり。お父さんは、手伝いのお礼にと、いくばくかのお金をナ

# 5　アフガニスタン人の家族

ジーブにわたそうとした。でも、ナジーブはけっしてそれを受け取ろうとはしなかった。

「友だちだから」

ナジーブは、つたないドイツ語でそういって断った。

## ♣リザのスカーフとコート

リザは裁縫《さいほう》ができる。それで、マックスのお母さんは、自分の友だちや知り合いに聞きまわって、1台の古い電動ミシンを手に入れた。リザはとてもよろこんで、さっそくミシンで裁縫《さいほう》をはじめた。家族のものだけでなく、ほかの難民のためにもなにかをぬってあげて、そのお礼を生活費の足しにするようになった。

マックスは、リザを見ていて、自分のお母さんとはずいぶんちがうなあと感じていた。外出するときにはかならず、うすむらさき色やピンク色などのスカーフで頭をおおい、長いコートのようなもので身を包み、腕《うで》も足もかくした。

けれども、リザは、コートの下には、派手《はで》な色の長いスカートとキラキラしたブラウスを着て、ヒールの高い靴《くつ》をはいている。いつもジーパンにTシャツ、スニーカーすがたのマックスのお母さんとはずいぶんちがって、とてもおしゃれだ。

リザは、マックスがお母さんと妹のザラと3人で、つまりお父さんぬきで部屋をたずねたときには、スカーフをかぶらなかった。そして、だれかがドアをノックするたびに、さっとスカーフをかぶった。入ってきた人が女の人だとわかると、スカーフをはずした。それが、マックスにはおかしかった。

マックスは、リザがどうしてそんなことをするのかとお母さんに聞いてみた。

イスラム教徒のリザは、大人の女性は、家族以外の大人の男性に髪《かみ》や肌《はだ》を見せるべきではない、というイスラム教の教えを守っているからだという。リザだけでなく、イスラム教を信じる女性の多くや、イスラム教国出身の女性は、夏でもそでとすその長い服を着ることが多い。

けれども、すべてのイスラム教の女の人がリザのようではないということを、マックスは知っていた。スカーフはかぶっても、それ以外はジーンズやTシャツなど、ドイツ人の女性と同じような服を着ている人もいるし、スカーフもかぶらずに町を歩くイスラム教の女性もたくさんいる。ミニスカートをはく女性もいる。テレビのアナウンサーやモデル、役者、コメディアンなどにもトルコやモロッコといったイスラム教国出身の女性がなん人もいるけれども、彼女《かのじょ》たちのほとんどは、ドイツ人の女性と変わらない服装《ふくそう》をしている。

マックスは、イスラム教徒といっても、人によってくらし方はさまざまなのだと思った。

## ♣男は指示し女はしたがう

ナジーブは、マックスたちをよく部屋に招待してくれる。けれども、料理をするのも、それらを運ぶのも、リザだけだ。ナジーブはふだんとても親切な人だけれど、家のことはほとんど手伝わないのだ。

これもマックスの家族とはちがう。マックスの家では、お父さんも飲みものを出すし、食器や料理だって運ぶ。日曜日のランチはお父さんがつくると決まっているし、ゴミ出しも、電球の取りかえも、棚《たな》や水道の修理も、すべてお父さんの役目だ。

ナジーブのところでは、ナジーブが家族のことをすべてひとりで決めていた。リザはなにもいわず、ナジーブのいうとおりにしたがった。マックスの家では、お父さんとお母さんがしょっちゅう、いろんなことで議論《ぎろん》する。お母さんの意見が通るのだってふつうのことだ。

## ♣ドイツの男はつらいよ

ナジーブやリザと交流するようになってから、マックスは、ときどき「ドイツの男はつらいよな」と思うようになった。一度、お母さんにそう話したら、

「なにをいってるの。ドイツでは男女平等だなんていうけれど、実態はほど遠いのよ。女性の管理職だって、女性の政治家だって、男の人にくらべたらずっと少ないわ。女性が首相になったじゃないかっていう人がいるけれど、メルケル首相が例外なだけ。まだまだだわ」といい返された。

それでも、マックスから見れば、お母さんはアフガニスタンの女の人よりも、ずっとずっと幸せだと思う。海やプールではビキニで泳げるし、家事はお父さんに手伝ってもらえるのだから。

お母さんにそういったら、あれだけ、ドイツの男女〝不〟平等をなげいていたお母さんの口から、

「そうとはいえないかもしれないわ。ほかの国、ほかの文化では、わたしたちとはちがった習慣があって、それを悪いとか、幸せじゃないとかと、わたしたちが一方的に決め

てしまうことはできないかもしれない」
なんて答えが返ってきて、マックスはますます混乱《こんらん》してしまった。

# 6 イースターの大討論会《とうろん》

## ♣イースター

春がきて、マックスの学校は2週間のイースター休暇《きゅうか》（春休み）に入った。イースターというのは、十字架《じゅうじか》にかけられたイエス・キリストの復活を祝う、キリスト教の行事だ。だから、復活祭ともいう。といっても、たいていの人は、イースターの由来を深く考えることもなく、ただ休暇《きゅうか》をたのしむだけだ。

マックス一家は、今年もイースター休暇《きゅうか》を使って、父方のおじいちゃん・おばあちゃんの家に出かけた。おじいちゃん・おばあちゃんは、北ドイツのとある小さな田舎町《いなかまち》に住んでいる。

マックスのお父さんは、この町で生まれ育った。けれども、高校を卒業するとすぐに故郷《こきょう》を出て、遠くはなれた大都市の大学に進んだ。大学を出てからも故郷《こきょう》にはもどらずに、

別の町で就職《しゅうしょく》して、結婚《けっこん》した。マックスが生まれてからは、毎年イースター休暇《きゅうか》に合わせて、おじいちゃん・おばあちゃん家をたずね、2、3日滞在《たいざい》するのが習慣になった。

着いた日の翌日《よくじつ》、マックスとザラは、広びろとした庭で「イースターエッグさがし」をした。色とりどりの銀紙につつまれたたまご型やウサギ型のチョコレートを見つける遊びだ。木の根元や植木鉢《うえきばち》の上（これじゃあ、さがさなくても見つかるよ！）、草むらのなかなど、あちこちに、おじいちゃんが前もってかくしておいてくれたのだ。マックスとザラは庭を歩きまわってチョコレートを見つけては、かごに集めた。

午後のティータイムには、おばあちゃんが焼いた「イースターラム」のケーキをみんなでおいしく食べた。粉砂糖《こなざとう》がたっぷりかかった、真っ白な子羊の形をしたケーキだ。

お茶の時間も、ウサギのローストの夕食も――これもおばあちゃんのお手製だ――、久しぶりの再会をよろこび合い、孫の成長におどろき、なごやかな雰囲気《ふんいき》のなかで過ぎていった。けれども、夕食が終わって、大人たちがワイングラスをかたむけながら話をつづけていくうちに、雰囲気《ふんいき》がちょっと変わってきた。

# *6*　イースターの大討論会

## ♣さびれる田舎《いなか》、繁栄《はんえい》する都会

「昔は、この町も農業だけじゃなく、大工や左官業《さかんぎょう》などもさかんで、みんな自分の仕事にほこりをもっていたものだ。それが、いまでは農家はほとんど消え、大工の仕事もなくなった。若者《わかもの》の多くは町を出ていき、老人ばかりが残って、すっかりさびれてしまった。それなのに、都会の政治家やメディアときたら、田舎《いなか》のわたしらのことなんぞ、これっぽっちも考えちゃくれない。あっちはあっちの世界。こっちはこっちの世界。まるで別世界のようだ」

おじいちゃんは、にがにがしげにいった。

おじいちゃんたちの町は、かつては建設業で栄え、建て売り住宅《じゅうたく》をつくる大きな工場があった。ところが、2、30年くらい前から、町の小さな会社は、大企業《だいきぎょう》との競争には勝てなくなり、いつしか工場は閉鎖《へいさ》されてしまった。農業でも同じことが起こった。小さな農家は大規模《だいきぼ》農業との競争に負けて、やめざるを得なくなった。こうして、町の人口はどんどん少なくなって、パン屋や花屋など、小さな商店もほとんど消えてしまった。いまでは、スーパーマーケットがいくつかあるだけだ。町は静まり返っている。

お父さんも同調する。

「グローバル化によって、外国から安い農産物や工業製品が、どっとドイツに入ってきたし。それまでふつうにくらしていた人たちも、みんな生活が苦しくなってしまった。田舎《いなか》はどこも同じような状況《じょうきょう》だね」

お父さんも、おじいちゃんの気持ちがよくわかるみたいだった。お母さんも、おばあちゃんも「うんうん」とうなずいている。

## ♣難民の受け入れは不公平なおしつけ？

けれども、おじいちゃんがつぶやいたひと言が、おだやかだった食後の会話を一変させてしまった。

「最近じゃ、それにあき足らず、難民だかなんだか知らんが、得体の知れない外国人をどんどん受け入れるときたもんだ。ドイツ人だって、生活保護を受けたり、ホームレスになったりしている貧しい人がたくさんいるというのに、難民の方がよい待遇《たいぐう》を受けているらしいじゃないか。まるで、外国人の方がドイツ人よりも大切にされているようだ」

と、おじいちゃんが、難民の受け入れに反対するような発言をしたのだ。

「それはウソですよ」

お母さんが、すかさず反論《はんろん》した。

「実際には、生活保護の方が、難民の人が受け取るお金より多いんです。ホームレスの人だって毎日、かなりの現金を受け取ることができるし、ホームレス用の施設《しせつ》もあります。けれども、施設《しせつ》内での飲酒が禁止されているとか、イヌを飼ってはいけないとかという規則をきらって、あえて路上生活を選ぶ人も多いそうですよ」

おじいちゃんは、お母さんにそういわれて、面食らったようだったけれども、

「それは、そうかもしれないが。国はなんだかんだいうだけで、結局は、市や町が難民の世話をしなきゃならないんだ。これはおしつけじゃないか。ただでさえ金がなくて、学校の校舎すら改修できないというのに、難民用のアパートはすぐつくれというのは、どう考えても不公平だろう」

と、ようやくいい返した。

そのとき、それまでおじいちゃんの横でだまって話を聞いていたおばあちゃんが、おじいちゃんの気持ちを代弁するように口をはさんだ。

「それに、どうしてドイツばかりが、世界のお荷物みたいなものを背負《せお》わなければいけ

ないの。よその国は平気で追い返しているでしょう?」

「それは、たしかにその通りだね。本当はフランスだって、ポーランドだって、イギリスだって、もっと難民を受け入れなければいけないとは思うよ」

お父さんはそんなふうにしてみとめたけれども、お母さんはきっぱりとつづけた。

「でも、ドイツは世界でも一番豊かな国のひとつなんです。そのわたしたちが、死にそうになっている人を助けないで、どこのだれが助けられるんですか」

「その『わたしたち』っていったいだれなんだ? 豊かなのは政治家や都会の人間だけじゃないのか? だったら、そいつらだけでやってもらいたい。つましくやっているわたしらまで負担《ふたん》を背負《せお》わされるなんて、まっぴらごめんだ」

おじいちゃんはなおも食い下がった。

## ♣難民がドイツ人の仕事をうばう?

「それにだ。ドイツ人の失業問題だってある。難民や移民に仕事を取られて、ドイツ人が仕事につけないなんて、本末転……」

「それは!」

お母さんは、おじいちゃんのことばをさえぎるように、語気を強めて反論《はんろん》した。

「それは、移民や難民を差別する人びとがいつももち出す議論《ぎろん》です。でも、実際には、ドイツ国籍《こくせき》がある人がまず採用され、つぎにEU加盟国《かめいこく》*の人、それでも足りないときや、特定の外国人にしかできない仕事がある場合に限って、それ以外の外国人がやとわれるんです。しかも、ドイツ国籍《こくせき》をもっていても、ドイツ人らしくない名前の人は、差別されてやとってもらえないことも多いんですよ。それが現実なんです」

「ドイツ人の失業者は、力仕事や給料が低い仕事にはつきたがらない。これも問題になっているんだ。生活保護手当を受け取ってくらす方がラクチンだと思っている人もいるくらいだし」

お父さんが、お母さんに助け船を出した。

「それに、このままだと、2050年には、ドイツの人口はいまの半分になるそうだ。そうなったら、ドイツには働き手がいなくなってしまう。どのみち、ドイツは難民をふく

*ヨーロッパ連合（European Union）。ヨーロッパの国ぐにの集まり。EUに加盟している国ぐにの多くでは、人やものが自由に移動できたり、ユーロという通貨をつかって、ものの売り買いが自由にできたりする。

め、たくさんの移民を受け入れるほかないんだ」

「難民が、よい労働力になるとは限らないだろう？　学校にいったこともない人だって多いっていうし」

「そんなことはないわ。トレーニングすればいいのよ」

議論《ぎろん》はお母さん、お父さん対おじいちゃん、おばあちゃんといった感じに真っぷたつにわかれ、ますますヒートアップしていった。

## ♣ドイツがイスラム教の国になる？

「じゃ、イスラムの問題はどうなんだ？『家族の名誉《めいよ》を守るため』などといって、自分のむすめや姉妹を殺してしまうような宗教《しゅうきょう》だぞ。そんなことは、ドイツでは絶対に許されん。それに、過激《かげき》なイスラム原理主義者がどんどん増えているそうじゃないか。難民のなかにだって、テロリストがまぎれこんでいるかもしれない」

おじいちゃんは、イスラム教にもよい感情をもっていないようだ。

「だからといって、すべてのイスラム教信者がテロリストというわけではないでしょう」

「もちろんだ。だが現実に、大量におし寄せる難民から、テロリストだけを確実に見ぬくことなどできっこないじゃないか。テロリストをドイツに入れたくなければ、難民の受け入れを制限するしかない。

とにかくね、難民を歓迎《かんげい》するとか、イスラム教徒ともいっしょにくらせるなんていうのは、理想主義なんだ。わたしは、知らない文化の人、肌《はだ》の色のちがう人、スカーフで顔をかくした人に囲まれて、老後を過ごしたくはない。静かに、ふつうにくらしたいんだ」

おじいちゃんははきすてるようにいった。

「わたしも、外国語ばかりが聞こえてくるような国には住みたくないわ」

おばあちゃんも、横から加勢した。

「わたしはキリスト教徒よ。そして、ドイツはキリスト教の国よ。それなのに、イスラム教徒がどんどん入ってきてのさばるなんて……。わたしはこわいわ」

「のさばるって……。ドイツのイスラム教徒は、6パーセントにもならないんですよ。100人につき6人！　それにね、世界はどんどん多様化しているんです。だから、たとえ違和感《いわかん》があっても、これからはいろいろな人と仲よくくらしていくほかないんです」

お母さんがとどめをさした。

みんなだまってしまった。これ以上話しても、うまい結論《けつろん》は出そうになかった。

## ♣ひとりなら助ける？　大勢ならだめ？

そのとき、マックスがはじめて口を開いた。

「ぼく、新しい友だちができたよ。タミムっていうの。タミムはシリアからきたんだ。タミムのお父さんは、シリアではお医者さんだったんだって。アレッポの病院で働いていたの。でも、アレッポには飛行機から爆弾《ばくだん》がどんどん落とされて、建物は穴《あな》だらけで、窓《まど》もなくなって、町全体が骸骨《がいこつ》のようになっちゃったんだって。電気は一日に数時間しかつかなくて。水も足りなくて、食べものも手に入らなくなったの。

ある日、病院がメチャメチャにこわされて、たくさんの人が死んだの。子どもも死んじゃったんだって。それで、タミムのお父さんは、家族のためににげるしかないと決心したの。とってもこわかったって。いまでも飛行機の音が聞こえると、タミムは耳をふさぐんだ。記憶《きおく》がもどってくるんだって」

マックスはたまっていた思いをはき出すように一気に話した。

「タミムは、お父さんとお兄さんとだけでドイツにたどり着いたのよ。お母さんと妹はいまもトルコの難民キャンプにいるんですって」

お母さんは、想像するだけでも涙《なみだ》が出るみたいだった。

しばらくの沈黙《ちんもく》のあと、おじいちゃんがマックスに話しかけた。

「一人ひとりの話を聞けば、同情もするし、助けたくもなるさ。だがね、マックス。いま、ドイツには100万人もの難民が流れこんできているそうだ。これだけ大量の人が相手となると、問題はちがってくるんだ。とても残念なことだがね」

「そうはいっても、ドイツの人口は8300万人ですよ。100人のドイツ人が1人の難民を助けるだけでも、問題は少しでも解決できるとは思いませんか」

こうして、またまた議論《ぎろん》がはげしくなった。意見はわかれたままで、いくら話し合っても、決着はつきそうになかった。

マックスは、おじいちゃんのいっていることも、お母さんの考えもわかるような気がした。どうするのが一番いいんだろう。そんなことを考えているうちに、まぶたがどんどん重たくなって目を開けていられなくなった。大人たちの声がだんだん遠のいていく。

お母さんに寄りかかりながら、マックスはいつの間にかソファーでねむりこんでしまった。

# 7 1945年のドイツ

## ♣おじいちゃんが難民だった？

マックスの母方のおじいちゃんは、マックスと同じ町に住んでいて、ときどきマックスの家にやってくる。イースターから数週間たった5月はじめの日曜日の午後、マックス一家はおじいちゃんといっしょに近くの森を散歩した。本格的な春になり、久しぶりにお天気がよいこともあって、たくさんの人びとが散策《さんさく》をたのしんでいる。

1時間ほどの散歩からもどって、お母さんが焼いておいたアップルケーキをみんなでいただき、コーヒーやお茶を飲みながら、なごやかなおしゃべりがつづいた。

2月にあったホテル放火事件が話題になって、話はまた難民の問題に移っていった。

「また難民の話か、もうあきたよ」とマックスは、そっとリビングからぬけ出そうとした。ちょうどそのとき、ふだんは難民受け入れに賛成のお父さんが、これまでとはちょっ

聞くことにした。

とちがう意見をいったので、マックスは「あれっ」と思って、そのまま、お父さんの話を

「こまっている人を助けるのは大切だし、基本法にも、助けをもとめる人を追い返すことはできないと書いてある。それでも、やはり無制限に助けることはできない、とは思うんだ。税金がたくさん使われているのは事実だし。最近じゃ、そこをうまく利用して、自分たちの貧しさの原因が難民のせいだと思わせようとする連中もふえてきたしね」とコメントしたのだ。

お母さんはやっぱり不満そうな顔をしたけれど、だまっていた。

そのとき、おじいちゃんが静かに口を開いた。

「わたしにも、難民体験がある」

「え？　どういうこと？」

マックスはびっくりして、思わず声を上げた。

お母さんは、小さくうなずいた。

## ♣わすれられないリンゴの芯《しん》の味

「わたしは、東プロイセンの首都だったケーニッヒスベルクという町で生まれた。東プロイセンというのは、いまではロシアとポーランド領になっていて、ケーニッヒスベルクもカリーニングラードという名前に変わっているが、第二次世界大戦でドイツが負けるまでは、ドイツの領土だった。ところが1945年に入って、いよいよドイツの負けがはっきりしはじめると、東プロイセンだけでなく、ほかの旧ドイツ領*に住んでいたドイツ人たちの多くも、ドイツ本土に向かってにげはじめた。ロシア軍に攻撃《こうげき》されたり、収容所《しゅうようじょ》送りになったりするのをおそれたからだ。

わたしも母親に連れられ、妹と3人でにげた。わたしは3歳《さい》、妹は2歳《さい》だった。クルマはもちろん、馬車すらない。車輪のついたものといえば、乳母車《うばぐるま》ひとつだけ。わたしたちは、こおった雪道を毎日、毎日、ひたすら歩いてにげたんだ。わたしたちの前にもうしろにも、本土に向かってにげるドイツ人たちが長い列をつくっていた。わたしは、母の手を

＊いまはポーランドとチェコ領のシュレージエンなど。

ぎゅっとにぎりしめた。『絶対にはぐれませんように』っていのりながらね」

「お父さんは？　いなかったの？」

マックスは聞いた。

「父親はとっくに兵隊に取られていたよ。当時は、イギリスにいたらしい」

「途中《とちゅう》でこわい目には合わなかったの？」

「ああ、あったよ。空には飛行機が飛んでいて――多分、ロシアの爆撃機《ばくげきき》だったんだろう、わたしたちを攻撃《こうげき》してくるんだ。母の背中《せなか》に大きなきずがあったのを覚えている。わたしが『どうしたの？』ってしつこく聞いたんだろう。おこったような顔で『ころんだだけよ』といった母のことばが、なぜか記憶《きおく》に焼きついている。いまから考えれば、にげる途中《とちゅう》でロシア兵に見つかって、暴力を受けたのかもしれない。結局、母親は、あのころのことはさいごまで話してくれなかった」

「食べものはどうしたの？」

「まともなものを食べた記憶《きおく》なんてない。かわりに、道ばたの草をつんだり、死んだ馬の肉をあさったりして食べたことを覚えている。おがくずでつくったパン、おがくずを水でうすめたスープなんてものを食べたこともあったな。とにかく、いつもおなかをすかせていたんだ。おがくずにしみこんだ機械油のくささはわすれられない」

「毎日、苦しかったでしょう」

マックスは、そっと聞いた。

「不思議なことに、あのころはこわいとか苦しいとかいったことは感じなかった。それが当たり前のくらしだったし、ほかの世界があるなんて、小さな子どもにはわからないからね。そのかわりに、鮮明《せんめい》に覚えていることがある。

あるとき、わたしたちは野原に生えていたスイバの葉をたくさんつんで、どこかの村の青空市で売ったことがあった。わたしは、母のそばに立っていた。すると、わかい男が、食べたリンゴの芯《しん》を地面にポイっとすてるのが見えたんだ。わたしは、とっさにその芯《しん》にかけ寄って、それにかじりついた。そのあまさといったら……。涙《なみだ》が出るほどおいしかった」

マックスはおじいちゃんのそばにいって、おじいちゃんをしっかりだきしめた。

## ♣1200万人の引揚者《ひきあげしゃ》

おじいちゃんはマックスの手をやさしくにぎり返して、なつかしむように話をつづけた。

「そうやって、東方にいたドイツ人はなん年もかかって、やっとドイツ本土にたどり着いた。敗戦前後にドイツ本土を目指したドイツ人は、1200万人とも1400万人ともいわれている。その大半は女性、子ども、老人だった。その内、200万人もの人びとが途中《とちゅう》で死ぬか、行方不明になった。ロシア軍の爆撃や、病気、飢《う》え、寒さのために命を落としたんだ。なかには、迷子になって、親とはなればなれになった子どももいた。わたしたちは運がよかった。いまから思えば、無事生きのびられたのが不思議なくらいだ」

「じゃあ、ロシア人が悪かったっていうことかな」

マックスはそうたずねた。

「いいや、話はそんなに単純《たんじゅん》ではない」

おじいさんは、そういって首を横にふった。

「ナチス・ドイツは、戦争中、チェコやポーランドなど、周辺の国ぐにをつぎつぎに侵《しん》略《りゃく》し、ロシアへも侵攻《しんこう》したんだ。それによって、2700万人ものロシア人が犠牲《ぎせい》になったといわれている。しかも、その半数以上が一般《いっぱん》の市民だったそうだ。ドイツではよく、ロシア兵に追い立てられた引揚者《ひきあげしゃ》のことばかりが強調される。けれども本当は、ドイツがどれほどひどいことをしたかも合わせて考えなければいけないんだ。そして、どんな戦争

# 7　1945年のドイツ

であろうと、国がはじめた戦争で、結局苦しむのは、ふつうの市民だということをわすれてはいけないんだ」

「ドイツにたどり着いたときは、さぞかし安心したでしょう」

ドイツがどんなにひどいことをしたのか、マックスにはよくわからなかったけれども、とにかく、おじいちゃんたちが生きのびられてよかったと心の底から思った。けれでも、おじいちゃんは、「いやいや」というように首をふって答えた。

「たどり着いたといっても、『ようこそ、お帰りなさい』などと歓迎《かんげい》されたわけではなかったんだ」

「どういうこと？」

マックスは、びっくりして聞き返した。

「わたしはまだおさなかったから、当時のことをあまりはっきりとは覚えていない。覚えているのは、四角い部屋、うすいベニヤ板のかべ、となりの家族の話し声、物音……。どんなにかすかな物音や声でも聞こえてくるから、ひとときも落ち着けなかった。

それから、小さな窓《まど》……。そこから外で遊ぶ地元の子どもたちが見えた。けれども、わたしたちは施設《しせつ》から出てはいけなかった。わたしは、その子たちがうらやましくてしかたたがなかった。『どうしてあの子たちは外で遊べて、ぼくはいけないの?』と母親になん度も聞いて、しまいにはしかられた」

(まるでナジーブの部屋みたい)

マックスはおじいちゃんの話を聞きながら、ナジーブ一家が最初にくらしていた施設《しせつ》を思い出していた。

「赤の他人の家を間借《まが》りしたこともあった。家主の好意で住まわせてもらったわけじゃない。当時は、個人の家にもわり当てがあって、難民と共同生活をするように、役所が強制したんだ。いくらドイツ人同士だからって、赤の他人をいきなりおしつけられれば、おもしろくないのは当然だ。わたしたちを住まわせなければならなくなった家族も、あからさまにいやな顔をした。わたしたちは息をひそめてくらすしかなかった。わたしや妹がちょっとでもさわぐと、母親におしりをぎゅうっとつねられたものだ」

## ♣助けない理由も差別する理由もない

「みんなと同じドイツ人なのに……」

マックスは、涙《なみだ》が出そうになった。

おじいちゃんは、マックスをなだめるようにおだやかな声で答えた。

「ドイツ本土だって、戦争中、爆撃《ばくげき》を受けて、たくさんの町や家がこわされたんだ。だから、住むところがない人も多かったし、食糧《しょくりょう》も足りなくて、みんなが悲惨《ひさん》な目に合っていた。だから、わたしたちのような引揚者《ひきあげしゃ》にやさしくする気持ちにはなれなかったのかもしれない」

マックスは考えた。自分には住む家もあるし、食べものだってたっぷりとある。着るものだってなんだって、不自由なことはひとつもない。だから、本当は、難民を助けない理由も、差別する理由もないはずだ。それでも、実際には、難民をいやがったり、こわがったり、きてほしくないと思ったりする人はたくさんいる。マックスだって、ときどき、そんなふうに思ってしまう……。

そんなことを考えていたら、マックスは、あの夜見たこわい夢を思い出してハッとした。もし、マックスがおじいちゃんと入れかわっていたら、どうだっただろう。もし、昔の時代に、遠い東の地に生まれていたら、どうなっていただろう。そうでもなければ、もし、自分がタミムやアフナンと入れかわったら、どうだったろう……。豊かで平和な国に生まれずに、シリアやイラクで生まれて、とつぜん戦争が起こって、空から爆弾《ばくだん》が落ちてきたら、どうなっていただろう。

「お母さん、ぼくたちって幸せなんだね。どこに生まれるか、いつ生まれるかによって、運命がこんなにちがってしまうなんて」とマックスはため息をつくようにいった。

お母さんもお父さんも、うんうんとうなずいた。

# 8

# 難民はテロリスト？

## ♣ギムナジウムへの進級

マックスがタミムと公園ではじめて出会ってから、1年が過ぎた。マックスは地元のギムナジウム*に進級し、5年生になった。タミムとアフナンも、マックスと同じギムナジウムへの進級を許可された。ふたりは、ドイツ語がとても上達しただけでなく、ほかの教科でも優秀《ゆうしゅう》な成績をおさめたからだ。

とはいえ、タミムやアフナンも、まだドイツ語をまちがえることがある。たとえば、「Schüssel《シュッセル》（鉢《はち》、深皿）」と「Schlüssel《シュリュッセル》（かぎ）」。この2つの単語は発音がとても似ている

*ギムナジウムは、日本の中・高等学校の普通科《ふつうか》に当たる学校。5年生から12年生、または13年生まであり、日本の高校3年生、または4年生に相当する。ほかに「レアルシューレ」（実科学校、10年生まで）と「ハウプトシューレ」（基幹学校、9年生まで）がある。5年生へ進級するときに、生徒の能力や将来《しょうらい》の希望に合わせて、これらのどのコースに進むかが決まる。

からだ。

一度、アフナンが「ぼくたちはこの町で愛してる（リーベン）」といった。マックスはびっくりして、「エッ、いま、なんていったの?」と聞き返してしまった。

「あっ、まちがえた。ぼくたちはこの町に住んでいる（レーベン）だった……。ドイツ語、ややこしいよ」

この2つのことばも、つづりが1つちがうだけで、発音もとても似ているのだ。

タミムとアフナンは、数学がとくに得意だった。あるとき、タミムがいち早く手を上げて、正しい答えをいった。

「正解だ、タミム」

タミムはうれしそうな顔をしている。

「では、どうやってこの答えを出しましたか」

シュミット先生がさらに質問すると、タミムは顔を真っ赤にして、「あの、えーと、つまり……」と口ごもってしまった。どうやら、自分がどうやって問題を解いたか、ドイツ語で説明するのがむずかしかったようだ。

そのとき、アフナンがすっと手を上げた。「アフナン、どうぞ」と先生がいうと、アフナンはちゃんとドイツ語で解き方を説明した。

「ほう、その通り。ふたりともよくできた」

シュミット先生はそういって、満足そうにうなずいた。

もちろん、難民の子どものすべてがアフナンやタミムのように、ドイツ語をすぐに覚えられるというわけではなかった。むしろ、ギムナジウムへの進級を許可される難民の子どもは少数だ。

おしゃべりラーマは、ハウプトシューレに通うことになった。相変わらずとってもよく話すけれども、文法のまちがいが多く、算数やほかの教科の学習もあまりふるわなかったからだ。

難民の子どもとひと口にいっても、故郷《こきょう》でどれだけ学校に通ったか、どのような家庭で育ったかによって、学力に差が出てしまう。なかには、小学校に通う年齢《ねんれい》なのに、まだ文字が読めないままやってきた子どももいる。

## ♣クリスマスマーケットのテロ事件

12月になって、またクリスマスの季節になった。といっても、スーパーマーケットでは、すでに9月からクリスマスのおかしが売られているので、12月になったからといって、急にクリスマス気分がもり上がるわけではないのだけれど。

それでも、毎年12月になると、子ども部屋のドアには、お母さんお手製のアドベントカレンダーがかざられる。赤いフェルトでつくったくつ型の小さな袋《ふくろ》を24個、緑の糸で横になん段かつなげた、カレンダーらしくないカレンダーだ。

お母さんは、マックスとザラに1組ずつつくってくれた。くつには、白いフェルトで1から24までの数字がアップリケされている。12月1日から、毎日1つずつ、その日の数字がついた袋《ふくろ》を開けていき、さいごの袋《ふくろ》を開ける日がクリスマスイヴというわけだ。袋《ふくろ》にはチョコレートや、マックスたちのおさないころの写真、レゴの人形などが入っている。

朝ごはんのあと、マックスたちは早速このカレンダーを開ける。マックスはいままでは「こんなこと、子どもっぽいな」とは思いつつも、この小さな行事が大好きだ。

この時期には、多くの町の広場にクリスマスマーケットが立つ。クリスマスツリーやモミの木の枝、キラキラと光る星、色とりどりのイルミネーションなどでかざりつけられ、いかにもクリスマスといったの雰囲気《ふんいき》に、大人も子どももワクワクする。

露店《ろてん》もところせましとならぶ。アクセサリー、手あみのぼうしやソックス、ランプ、ロウソクやロウソク立て、かべかざり、木製の小さなおもちゃ、クリスマスかざりなどが売られ、多くの人でにぎわう。

食べものの屋台もたくさんある。クレープ、焼きソーセージ、こうばしく炒《い》った栗《くり》、そしてクリスマスマーケットの定番の〝カルトッフェルプッファー（ポテトパンケーキ）〟。すりおろした生ジャガイモの生地《きじ》を油であげた食べもので、リンゴムースをかけて食べることが多い。

ところが、たのしいはずのクリスマスマーケットで悲劇《ひげき》が起こった。

２０１６年12月19日、首都ベルリンのカイザー・ウィルヘルム記念教会を囲む、ブライトシャイト広場に、１台のトラックが猛《もう》スピードでつっこみ、たくさんの人をはね飛ばしたのだ。

ブライトシャイト広場は、ふだんから観光客や買物客でにぎわう有名なスポットだ。この日も、クリスマスマーケットを目当てにおとずれた人びとでごった返していた。事件によって、12人が死亡《しぼう》し、55人が重軽傷《じゅうけいしょう》を負った。

犯人は、北アフリカのイスラム教国家、チュニジア生まれの男だった。男は難民にまぎれてドイツに入国し、各地を転々としていた。事件を起こしたあとは、列車でオランダ、フランスを経由してイタリアまでにげた。そして、ミラノ市近くの町にひそんでいたところ、警官《けいかん》に身元を確認《かくにん》されて発砲《はっぽう》し、反対に射殺《しゃさつ》された。

悪いことに、ドイツの警察《けいさつ》は、早い段階から、この男がイスラム過激派《かげきは》の組織と関係のある「危険《きけん》人物」だと断定していたにもかかわらず、いろいろな手続き上の理由から、つかまえることも、チュニジアに退去させることもできなかった。そしてとうとう、ベルリンでの事件を許してしまったのだ。

実は、この年のドイツでは、難民として入国した人物によるテロ事件が数回発生し、複数の負傷者《ふしょうしゃ》を出していた。フランスやベルギーでは、イスラム過激派《かげきは》によるもっと大きなテロ事件が発生して、数十人が犠牲《ぎせい》になっていた。

難民のなかにテロリストが混じっているかもしれない――。

難民はテロリストの温床《おんしょう》なのではないか――。

イスラム教徒はみなテロリストだ――。

イスラム教徒は追い出せ――。
難民は入れるな、難民は追い返せ――。

人びとのあいだに恐怖《きょうふ》が広がり、イスラム教徒や難民への反感はみるみるエスカレートしていった。

自分が犯罪の犠牲《ぎせい》者になるかもしれないと考える人は、数年前には市民のおよそ30パーセントだったのが、2016年には60パーセント以上にはねあがった。同時に、犯罪を難民と結びつけて考える人も激増《げきぞう》した。

テレビでは、たまたま現場に居合わせた市民が撮影《さつえい》した事件当時の動画が、くり返し放送される。

「もし、自分があそこにいたら、どんなことになっていただろう」

「罪のない人をこんな目に合わせるとは、なんてひどいヤツだろう」

「難民にまぎれこんで、難民として生活費まで受け取っていたなんてゆるせない」

「難民はやっぱりいない方がいいのかな……」

テレビを見ながら、このような気持ちがうかんでくるのを、マックスはおさえることができなかった。

けれども、2016年にドイツで交通事故によってなくなった人は、およそ3000人、治療《ちりょう》ミスでなくなった人は、およそ1万9000人といわれていた。この数年にドイツに入国した難民は、100万人以上。そのなかで、テロ事件を起こした人物は数人だった。

## ♣難民生徒への敵意

テロ事件から3週間がたち、冬休みも終わって、また学校がはじまった。事件に関するニュースはだんだんに少なくなっていたけれども、人びとの難民に対する感情は、確実に変わってしまっていた。

休み明けのその日、小さな事件が起こった。ジュリアンがタミムに向かって、

「お前もテロリストか。ここはお前なんかのくるところじゃないんだ。さっさと国に帰れよ」といって、タミムをこづいたのだ。

「まずい」とマックスは思った。タミムは親友だ。助けなければ――。でも、マックスには体の大きなジュリアンを止める勇気がなかった。

「どうしよう……」

ジュリアンがタミムの胸《むな》ぐらをつかむ。タミムは、顔を真っ赤にしてこらえている。もし、やり返したりなんかしたら、「やっぱり、難民の子は乱暴《らんぼう》だ、テロリストのたまごだ」といわれてしまうからだ。

そのとき、マックスのうしろから、

「なにやってるの。やめなよ」という声が聞こえた。ヴァルターだ。

ヴァルターは静かにジュリアンに近づくと、きっぱりした顔でジュリアンのこぶしをほどき、タミムをジュリアンから引きはなした。

「なんだよ、お前もテロリストの味方か？」

ジュリアンは、今度はヴァルターをこづいた。

ヴァルターは、ジュリアンの目をまっすぐ見ていった。

「きみは頭がいいんだから、難民だからといって、だれもがテロリストでないことぐらいは、知っているだろ？　暴力をふるっているのは、きみの方じゃないか」

ヴァルターはそういうと、タミムと肩《かた》を組んで歩き出した。

ジュリアンはそれをぽかんと口を開けて見送った。

# *8*　難民はテロリスト？

## ♣クルド人ニーナさんの話

マックスのクラスだけではなく、学校全体でも難民の生徒とそうでない生徒とのあいだで、いざこざが起こることが多くなった。難民の生徒に暴言をはく生徒、それに対して力で対抗《たいこう》する難民生徒もいる。

先生たちも、生徒たちのあいだに広がるぎすぎすした雰囲気《ふんいき》に気づいていた。そこで、講堂に全校生徒を集め、元難民の人をゲストによんで話を聞く会を開くことにした。

会のはじめに、学校長のベアー先生が話した。

「難民については、みなさんもこれまでに授業で習ったでしょう。それに、テレビや新聞のニュースからも知っていると思います。それでも、実際に難民としてドイツにやってきた人から直接体験談を聞くことは、ほとんどありません。

そこで、きょうはお客さんをおむかえしました。ニーナさんです。ニーナさんはトルコ生まれのクルド人です。

クルド人というのは、いまのトルコ、イラン、イラク、シリア、アルメニアにまたがる地域《ちいき》に住む人びとです。「自分たちの国をもたない最大の民族」といわれていて、世界には合わせて2500万人から3000万人もいるといわれています。クルド語を話し、ほとんどの人がイスラム教を信じています。

クルドの人びとが一番たくさん住んでいるトルコや、トルコの南どなりの国イラクでは、クルド人は長いあいだ迫害《はくがい》されてきました。トルコでは、クルド語の放送や教育が禁止されました。こうした背景《はいけい》もあって、クルドの人びとは自分たちの国をつくることを目指して、たびたび独立運動を起こしています。

そうしたなかから、一部のクルド人が過激化《かげきか》してトルコ政府との紛争《ふんそう》に発展《はってん》し、多くのクルド人難民が生まれました。

ニーナさんは20年前、11歳のときに難民として両親と妹さんといっしょにドイツにやってきました。以来、ドイツに住み、ギムナジウム、大学に進学し、いまはベルリンで外国人にドイツ語を教えていらっしゃいます。では、ニーナさん、お願いいたします」

校長先生がニーナさんを紹介《しょうかい》すると、生徒たちのうしろにすわっていた黒髪《くろかみ》のおかっぱ頭の女性がすっと立って、生徒たちの前に進み出た。そして、生徒たちを見まわして、ほほえみかけた。

（難民だった人がドイツ語の先生？）

マックスは興味津々《しんしん》でニーナさんの顔を見つめた。「また難民かよ」と無関心、無表情な顔をしている生徒もいる。

ニーナさんは、「こんにちは」とあいさつしてから、はりのある声で話しはじめた。

わたしがまだおさなかったころ、トルコに住むクルド人の生活はますます危険《きけん》になっていました。クルド人の過激《かげき》なグループとトルコ政府とのあいだで、はげしい争いがくり広げられていました。それだけでなく、過激《かげき》グループとは関係のないふつうのクルド人も、殺されたり、拷問《ごうもん》にかけられたり、家をこわされたり、村を追い出されたりしていました。

あるとき、トルコ政府から、わたしの親戚《しんせき》が過激派《かげきは》のメンバーではないかという疑《うたが》いをかけられました。そして、両親も過激派《かげきは》を助けたのではないかと疑《うたが》われました。もちろん、そんなことはなかったのですが、警官《けいかん》がわたしたちの家にやってきて、証《しょう》拠《こ》はないかとさがしまわり、家のなかのあらゆるものをメチャメチャにこわしました。

両親は、「このままトルコにいては、いつか理由もなくつかまり、ひどければ、殺されてしまうかもしれない」と考えて、ドイツににげることを決意しました。当時のドイツは、旧ユーゴスラビアなどから多くの難民を受け入れていたからです。

ドイツに着いたわたしたちは、最初の3カ月間を、ブランデンブルク州の一時受け入れ施設で過ごしました。部屋は1つしかなく、家族4人がいっしょにくらしました。両親は難民としての庇護申請《ひごしんせい》を役所に出しました。

3カ月後、ベルリン郊外《こうがい》にある別の施設《しせつ》に移されました。2部屋になりましたが、キッチンとバスルームは共同でした。それでも、ようやく安心してくらせる、とわたしはとてもうれしく思いました。

でも、異国《いこく》の地でくらすことの現実をすぐに思い知らされました。わたしは、その施設《しせつ》から学校に通いました。ところが、ことばがまったくわかりません。わたしはトルコでは「優等生《ゆうとうせい》」だったのに、とつぜん、なにもわからない生徒になってしまったのです。とてもつらいことでした。

外を歩いていても、だれもがわたしたちのことを、まるで宇宙人でも見るかのように、じろじろと見つめました。とくにつらかったのは、通学のためにバスに乗るときでした。わたしと妹は、どんなに席が空いていてもすわることができませんでした。乗客は、わたしたちが乗ってきたのに気づくと、となりの席にさっと荷物をおいて、すわれなくしたのです。

学校でもいじめにあいました。クラスメイトは、口々に悪口を浴びせてきました。チューインガムを妹の髪《かみ》になすりつけた子どももいました。もう学校にはいきたくない、と思った時期もありました。家族4人がキッチンにすわって泣き明かしたこともあります。

それでも、数カ月たつと、わたしは少しずつドイツ語がわかるようになりました。このころ、わたしはクラスメイトのひとりとなかよしになりました。その子とは、放課後いっしょに遊んだり、おたがいの家にとまりにいったりするようになりました。

ことばがわかるようになって、学校の成績もよくなりました。わたしは、ギムナジウムに進み、アビトゥア（卒業試験、大学入学資格試験）にも合格しました。トルコにいたときのような自信も取りもどしつつありました。それでも、わたしは、トルコに連れもどされるかもしれないと、いつもビクビクしていました。難民としての庇護《ひご》申請《しんせい》が却下《きゃっか》されたからです。

両親は異議申《いぎもう》し立てをしましたが、結果が出るまでに長くかかりました。さいわい、父はドイツに着いてから、とぎれなくなんらかの仕事を見つけては働いていたので、すぐに国外に連れ出されることはなく、しばらくドイツにとどまることを許されました。といっても永住許可ではなくて、滞在延長《たいざいえんちょう》を願い出ては一定期間の滞在《たいざい》が許され、それが過ぎたらまた申請《しんせい》を出す、ということのくり返しでした。ドイツでの永住許可が出たのは、つい数年前のことです。

このような落ち着かない日々がなん年もつづきましたが、そのあいだにわたしは大学に進学・卒業して、外国人のための語学学校でドイツ語を教えるようになりました。すばらしい仕事だと思っています。知らない国にきて、その国のことばがわからないということがどれほどつらいか、わたし自身がよく知っているからです。

難民の子どもたちが、どんな気持ち、どんな境遇《きょうぐう》でドイツでくらしているのかをみなさんにお伝えすることで、みなさんのなかにあるかもしれない、難民をこわがったり、いやがったりする気持ちが少しでもやわらいだなら、とてもうれしく思います。

ご清聴、ありがとうございました。

話が終わると、講堂は静まり返り、そして、大きな拍手《はくしゅ》につつまれた。

ニーナさんのような話を聞くと、難民が入ってきても大丈夫《だいじょうぶ》だと思えてくる。同時に、マックスは、席に荷物をおいてすわらせないなんていう卑劣《ひれつ》なことをしたドイツ人のことをはずかしく思った。

# 9 習慣のちがいがトラブルをよぶ

## ♣フライドポテトでボヤさわぎ

ある難民受け入れ施設でボヤさわぎがあった。

男たちが、フライドポテトをつくろうと、なべで油を熱し、ジャガイモを入れたのはよかったけれども、でき上がるまでしばらくかかると思ったかれらは、キッチンを出て部屋にもどり、そのままフライドポテトのことをわすれてしまったのだ。

しばらくして、変なにおいがすることに気づいた男たちは、フライドポテトのことを思い出し、あわててキッチンにかけつけた。なべの油がめらめらと燃えている。ひとりがあわてて、にえたぎる油に水をかけ――。

ボーン!!

爆発音《ばくはつ》がして、火柱が立った。

さいわい、けが人は出なかったけれども、キッチンは丸こげになり、すべて改修しなければならなかった。

このようなトラブルはあちこちの施設《しせつ》で大なり小なり、起こっていた。残飯をきちんと取りのぞかずに食器をあらって、キッチンの流しをつまらせる。トイレになんでもすてて、下水管をつまらせる。シャワー室の換気《かんき》をせずに、かべをカビだらけにさせる。ゆかに水をこぼしてもそのままにして、フローリングをだめにする。まちがった使い方で、洗濯機《せんたくき》を故障《こしょう》させる――。ドイツでの生活に慣れないために、暖房《だんぼう》機器や衛生設備、家電製品の使い方をまちがえてしまうのだ。

難民受け入れ施設の多くは、せまい上に、トイレやキッチンなどが共同のこともしばしばだ。そのため、みんな施設《しせつ》を出て、ふつうの住宅《じゅうたく》に移りたいと願っている。けれども、このような生活上のトラブルがクローズアップされるようになると、「難民には住まいを貸したくない」と、家主の多くが思うようになった。

## ♣借家人免許証《しゃっかにんめんきょしょう》

そこで、北ドイツのレンズブルクという町では、「借家人免許証《しゃっかにんめんきょしょう》」というしくみを考案した。このアイデアは、テレビの全国ニュースでも紹介《しょうかい》された。

「金属のフックなどがついた洗濯物《せんたくもの》はネットに入れてから、洗濯機《せんたくき》に入れましょう」

「掃除機《そうじき》の紙袋《かみぶくろ》は、ゴミでいっぱいになったら、取りかえましょう」

「冬でも、ときどき窓《まど》を15分ほど大きく開けて、換気《かんき》をしましょう。そうしないと、かべが結露《けつろ》して、カビが生えます」

などということを、町の職員から学ぶのだ。

清掃《せいそう》事務所の職員が、リサイクル紙でできたたまごパックを見せて、難民たちに聞いた。

「このゴミはどの容器にすてますか」

受講者のひとりが答えた。

「それは包装材《ほうそうざい》ですから、ヨーグルトカップなどをすてる包装材資源《ほうそうざいしげん》ゴミ用の容器にすてます」

「よい点をついていますが、まちがいです。このパックは紙でできているので、新聞紙やボール紙などの資源《しげん》用容器にすてるのです。では、飲料パックはどうしたらいいですか」

別の難民が自信ありげに答えた。

「これは紙パックですから、これも新聞紙やボール紙用の容器にすてます」

職員はひたいをたたいた。

「うーん、これもよい点をついているのですが、この飲料パックは紙だけでなく、うら側がプラスチックでコーティングされているので、紙としてリサイクルできません。だから、これはヨーグルトカップやポリ袋《ぶくろ》といっしょに、包装材資源《ほうそうざいしげん》用の容器にすてるのです」

「ええ!? なんて複雑な……」

受講者たちはみんなため息をついた。

飲料容器もむずかしい。飲料用の缶《かん》やペットボトル、リユース（くり返し使う）ビンは、販売店《はんばいてん》に設置された回収機《かいしゅうき》にもどすと、あずかり金がもどってくる。それ以外のガラスビンは、町のあちこちにある回収《かいしゅう》コンテナに色別にすてるのだ。

受講者たちは、さいごに「借家人免許証《しゃっかにんめんきょしょう》のコース受講証明書」を受け取った。「難民のみなさんが、これで住まいを借りられる確率が高くなることを願っています」と、担当《たんとう》職員がインタビューに答えていた。

「この講座《こうざ》は、ドイツ人のわかい人たちにも受けさせせたいくらいだわ。ゴミのわけ方を知らない人がたくさんいるんですから」

マックスのお母さんは、このニュースを見てそういった。

## ♣大家さんのいかり

マックスのお母さんは、ナジーブ一家と知り合って以来、難民支援《しえん》活動に積極的に参加するようになった。

そして、1年前にイラクからきたある難民家族をいろいろと世話することになった。

一家は、夫のムスタファと妻のジャミーラ、そして3人のむすめたちの5人家族で、難民用の集合住宅《しゅうごうじゅうたく》に住んでいた。住宅《じゅうたく》は2部屋のほかに、キッチン、バスルームがあるだけだ。5人家族にはせますぎるし、難民専用《せんよう》の住宅《じゅうたく》に住んでいると、なかなかふつうの市民と知り合う機会がない。そこで、マックスのお母さんは、この家族のためにもう少し広い住宅《じゅうたく》をさがすことにした。

知り合いにたずねてまわった結果、キッチンとバスルームのほかに部屋が3つある住まいが貸し出されていると聞いて、お母さんはさっそく出かけていった。

その住宅は、二階建ての家の二階フロア全体で、一階には大家さんが住んでいた。年配の女性だ。大家さんは、借り主が難民と聞いて、気乗りがしないようだった。

「イラク人ですって？　イスラム教徒でしょ？　なんだかこわいわね。それに子どもが3人だなんて。うるさいし、よごされるんじゃないかしら。ボヤなんて出されたら目も当てられないわ」

「イスラム教徒といっても、過激派《かげきは》からにげてきた人たちですよ。お子さんは女の子ばかりですから、暴れたりはしないでしょう。それに家賃《やちん》も暖房費《だんぼうひ》も市がはらうのですから、大家さんは家賃《やちん》を取り損ねることもありません。経営的には、ドイツ人に貸すよりよっぽど安心ですよ」

お母さんは、大家さんを根気強く説得して、やっと貸してもらえることになった。

ジャミーラたちは飛び上がってよろこんだ。これで自分たちが好きな料理もつくれる。お母さんたちを食事に招待することもできる、と。

けれども、ジャミーラたちが入居してからしばらくたったある日、大家さんからお母さんにいかりの電話がかかってきた。

「だいじょうぶだって、あなたおっしゃっていたけれど、全然だいじょうぶじゃないじゃないですか。なんとかしてください!!」

電話口でわめいているのが、マックスにも聞こえるほどだ。なにごとかとびっくりしたお母さんは、大急ぎで出かけていった。

大家さんがいうには、イラク人家族はドイツの決まりを守らないという。

「ドイツの決まりって、なんですか？」

お母さんがきょとんとしてたずねると、

「第一に、日曜日や休日は一日中、平日でも12時から午後3時まで、そして夜の10時以後は、大きな音を立てて静寂《せいじゃく》をみだしてはならないってことをわすれられてはこまります」

と、大家さんはきびしい口調で答えた。

「大きな音って、たとえばどんな音ですか」

「洗濯機《せんたくき》をまわしたり、掃除機《そうじき》をガーガーかけたり。こういう午後の静寂《せいじゃく》をみだすような行為《こうい》は、国や州の法律《ほうりつ》で禁止されているのですよ」

「あー。なるほど……」

「ついでにいっておきますけどね。夜の10時以降《いこう》はシャワーも禁止です」

「え？　そんな決まりがありましたっけ？」

「自治体によっては、この決まりがちゃんとあるそうですよ。この町ではそうではないみたいですけれど、わたしはちゃんと賃貸契約書《ちんたいけいやくしょ》に書き入れておいたのです。読まなかったのですか?」

「すみません、気づきませんでした」

お母さんは謝るしかなかった。

「つつしみのない人はこれだからこまるわ」

「それから」

大家さんは、苦虫をかみつぶしたような顔でお母さんをにらみつけた。

「はい」

お母さんは、ヘビににらまれたカエルのようだった。

「ゴミ。ゴミの分別。ちゃんと資源《しげん》ごとに分別してくれなくちゃ。なんとまあ、あの奥《おく》さん、生ゴミをすてる容器に、プラスチックの袋《ふくろ》まで投げこんでるんですよ」

「それはいけません。説明したんですけれど……。すぐに直させます」

「もうひとつ」

「まだありますか」

「ありますとも。ご主人のムスタファさんは、あいさつもせずに、えらそうな態度をとって、握手《あくしゅ》さえしようとしないんだから。なんて失礼な男。自分をなにさまだと思ってるのかしら。この国の世話になっているっていうのに」

大家さんは、口をへの字に曲げて、ほっぺたをぴくつかせている。

「握手《あくしゅ》の件は……」

お母さんは、なんて説明したらいいのかわからなかった。

「むずかしいんです。ムスタファはわたしにももちろん握手《あくしゅ》しようとはしません。それがかれの国の習慣なのでしょう。男性がよその大人の女性の手をにぎることは、かれの国では許されていないのだと思います。けっして失礼をするつもりではないんです。むしろ、それがかれにとっての礼儀《れいぎ》なんだと思います」

「ふん。それは自分の国の礼儀《れいぎ》でしょう。この国にきたからには、この国でやっかいになるからには、こちらの習慣や礼儀《れいぎ》に合わせてくれなくてはこまります。失礼ですよ」

大家さんのいかりはまだおさまらないようだ。

「いって聞かせます」

そうくり返して、お母さんは大家さんをようやくなだめた。

## ♣自由なドイツは決まりだらけ

お母さんは、大家さんと別れるとすぐに二階にあがって、ジャミーラたちに大家さんからの苦情を伝えた。でも、それをわかりやすく説明するのはとても骨《ほね》の折れることだった。お母さんは、ゴミの分けかたを紙に絵をかいて説明した。ジャミーラたちは目を白黒させた。

「ええ？　どうしてこんなことしなければいけないの。ゴミはゴミじゃない」

「ドイツではゴミは資源《しげん》なの。ゴミからまたものをつくったり、生ゴミから肥料をつくったりするんです」

お母さんはこうして、ジャミーラたちにドイツの環境《かんきょう》教育まですることになった。

「それから、平日の午後1時から3時ぐらいまでと、夜10時から翌朝《よくあさ》の6時ぐらいまで、そして日曜日や休日は一日中、洗濯《せんたく》や掃除《そうじ》といった、大きな音を立てる家事はしないでください」

「ええ、どうして？　こんなに自由な国なのに、そんなにきびしい決まりがあるのですか」とジャミーラが目を丸くした。

SULO
SULO
SULO

「そう、ドイツ人はとくに騒音《そうおん》には敏感《びんかん》で、静寂《せいじゃく》をとても大切にするの」

「わかりました。つまり、掃除《そうじ》や洗濯《せんたく》は平日の午前中にして、あとの時間はなるべく物音を立てないで、静かにしてろってことなんですね」

と、これまでだまって話を聞いていたムスタファが、皮肉っぽくいった。

お母さんは、両手をひろげて肩《かた》をすくめた。

「ごめんなさいね。実はもうひとつあるの。1階におりる階段《かいだん》は、週に1度は掃除《そうじ》をしてください。そして、秋になったら、家の前の歩道の落ち葉もはいてくださいね。これもドイツの習慣というか、決まりです」

「えー。ドイツってどうしてそんなに決まりばかりあるの」

横で聞いていた長女のエレナが、不満そうに高い声を上げた。

「それは、たくさんの人がひとつのところでくらしていくためね。みんなが心地よくくらすには、一人ひとり、一定のマナーを守る必要があるわ」

それでも、お母さんは、ムスタファが大家さんに握手《あくしゅ》をすべきだとはいえなかった。

# 10 ドイツ人になる

## ♣インテグレーションコース

ジャミーラは、数カ月前から市の「インテグレーションコース」に通っている。

インテグレーションコースとは、ドイツでくらす外国人が、ドイツ語を習得し、ドイツ市民としてくらし、仕事や学業をしていくための講座《こうざ》だ。

正式に難民としてみとめられた人は、このコースを受けなければならない。まだ正式にみとめられていない人でも、シリア、イラン、イラク、エリトリアからきた難民や、滞在《たいざい》許可をもつ外国人なども受講できる。

インテグレーションコースは全部で700時間の授業からなり、そのうちの600時間はドイツ語講座《こうざ》だ。ドイツ語を話せることが、ドイツ市民としてくらしていくうえで、なによりも大切だからだ。

ジャミーラは、毎日せっせとインテグレーションコースに通った。マックスのお母さんも宿題を手伝い、応援《おうえん》した。おかげで、ジャミーラはドイツ語を話したり、理解したりできるようになった。コースのさいごに受ける「移民のためのドイツ語テスト」にも、めでたく合格した。

残りの100時間は、オリエンテーションコースとよばれる講座《こうざ》だ。ドイツでくらしていくために必要な知識を学び、ドイツの文化や習慣を教わる。

オリエンテーションコースの終わりに、受講者は「ドイツでの生活（Leben in Deutschland）」というテストを受ける。ドイツ語テストと生活テストの両方に合格すると、「インテグレーションコース修了証《しゅうりょうしょう》」を受け取ることができる。

## ♣ドイツの政治と民主主義

オリエンテーションコースは、3つのパートにわかれている。第1パートは「ドイツの政治と民主主義」からはじまった。講師はテキパキと話すわかい女性だ。

このパートでは、ドイツ基本法のこと、ドイツ市民がもつ基本権のこと、民主主義のことなどについて習う。

ドイツ基本法に定められた「基本権《きほんけん》」については、とくに多くの時間がさかれる。

ある日のテーマは、基本法3条「法の前ではすべての人が平等である」についてだった。

「基本法は、『男女は平等の権利《けんり》もつ』としています。それに、男女のちがいだけでなく、生まれた国、人種、ことば、宗教《しゅうきょう》などで、差別されてはなりません。男女平等の権利《けんり》でいえば、たとえば、妻が仕事をしたいといったら、たとえ夫が賛成しなくても、妻は仕事に出ることができます」

と、講師が説明した。すると、シリア出身だという30歳くらいの男性が、すかさず口をはさんだ。

「わたしの妻は仕事をしたいなどとは絶対にいいません」

「奥《おく》さんに聞いてみましたか?」と講師はたずねた。

「そんなことは聞かなくてもわかります。妻は家事と育児をするべきです」

「でも、もし奥《おく》さんが働きたいといったら、みとめてあげますか」

「それはちょっと……」

「ドイツの法律《ほうりつ》では、妻は夫の許可がなくても、働くことができます。でもね、正直にいうと、ドイツでも1977年まではそうではなかったのです」

講師がそう打ち明けると、受講生たちはおどろいて、それからちょっとほっとしたような顔をした。「なんだ。ドイツだってそんなに変わらないじゃないか」と思ったのかもしれない。

でも、男性はまだいいたいことがあるようだ。

「ここはドイツであって、シリアではありません。だから、わたしはドイツの法律《ほうりつ》を守って生活します。けれども、家庭内では自分たちのしきたりでくらします。わたしたちの国の女性はドイツ人とはちがうのです」

「では、もし奥《おく》さんがあなたに、『あなたも家事を手伝ってよ』といったらどうしますか」

「妻はそんなことはいいません。わたしたちの国の習慣では、料理や掃除《そうじ》は女性の役目で、男性はもっとむずかしい仕事をする」

若者は、そんなことはありえないといった風に、両手をひろげて反論《はんろん》した。

「ドイツではちょっとちがいます」

「なにがちがうんですか？」

「ドイツでは、女性もむずかしいことをします。ドイツでは、あなたの奥《おく》さんもすべてんです」

「もちろん、妻がすべての権利《けんり》をもつことはわかっています。でも役割《やくわり》は分担《ぶんたん》すべきなの権利《けんり》をもつのです」

「もちろん、仕事は分担《ぶんたん》しなければなりませんね」

「そう、だから夫が仕事に出かけて、妻は家事をするわけです」

このやりとりを聞いて、ジャミーラは思った。

「この人、まだわかいのに、まるでわたしの夫みたいだわ。男の人は、なかなかこれまでの習慣や考え方をすてられないのね。新しい生活がはじまったのだから、頭を切りかえてもよさそうなのに。でも、男の人にそれを強制しすぎると、不幸になって、よい結果を生まないのかもしれない。だんだんと慣れてもらうほかないかもしれないわ」

## ♣取り残されるは男性ばかり？

ジャミーラたちがドイツにきて1年以上たっていた。ジャミーラは、インテグレーションコースでドイツ語を習うほかにも、地域《ちいき》で開かれる、難民と地域《ちいき》住民の交流会などにも積極的に出かけていき、少しでもドイツ語で会話をする機会をもとうと努力していた。

3人のむすめたちも、学校でドイツ語を習うので、ドイツ語がめきめきと上達していった。ドイツ人の友だちもできたし、町の人たちとの会話もまったく問題がない。いまでは、両親が手続きをするために市役所にいくときなどは、むすめたちが通訳《つうやく》するようにもなった。

けれども、夫のムスタファは、なかなかドイツ語を話せるようにならなかった。そればかりか、近ごろは、難民用のドイツ語教室にさえいこうとしなくなっていたのだ。

あるとき、エレナは、マックスのお母さんから、ティーンエイジャー用のダンス教室に参加してみないかとさそわれた。

「難民の資格をもらうためには、ドイツ人の社会になじめるように努力しているすがたを見せることが大切なのよ。ドイツ人好みの趣味《しゅみ》を習っている、というのはプラスになるわ。参加してみたらどうかしら」

エレナはとてもよろこんで、「習いたいわ。いいでしょ？　お父さん」と、ムスタファに許可を求めた。

けれども、ムスタファは首を縦《たて》にふらなかった。

「ダンス？　わかいむすめが男と手をつないだり、だき合ったりするなど、絶対に許せない」

「お父さん、ドイツでは学校の生徒がダンスを習うのは、ふつうのことなのよ。ねえ、お願い」

エレナはそう懇願《こんがん》したけれども、父親は頑《がん》としてゆるそうとしなかった。

本当は、ムスタファはそれほどきびしくはない。イスラム教の熱心な信者というわけでもない。子どもたちに「学校にはスカーフをかぶっていけ」ともいわない。

ジャミーラは、思い切ってムスタファに意見した。これまでは夫のいうことには、いつも「はいはい」としたがっていた。けれども、むすめががっかりしているのを見て、むすめの幸せのために、夫に自分の考えを伝えようと思ったのだ。

「わたしたちは、もうイラクにいるわけではないんです。この国でくらす以上は、この国の習慣にしたがわなければ、幸せにはくらせないと思います。男の人も女の人も、同じように生きていく権利《けんり》があると思うのです。仕事をしたり、習いたいものを習ったり、外食に出かけたり。むすめたちにも、これからは自由に生きさせてやりませんか」

ムスタファはあっけに取られたような顔をし、ついには、「勝手にしろ」といって、テレビを見つめてしまった。

## ♣歴史と責任

オリエンテーションコースの第2パートは「歴史と責任」。現在のドイツがどのようにしてできたか、どのような歴史をたどってきたかを学ぶ講座《こうざ》だ。

講座《こうざ》のさいごに、講師はふし目がちに「これはわたしの個人的な思いですが」と断ってから静かに話し出した。

「学校時代には、ホロコーストのおそろしい話をいやというほど聞かされました。『自分がしたことでもないのに、なんでこんなにしつこく聞かされなければいけないんだ。もうたくさんだ』となんど思ったことでしょう。こうした思いをもつ人、それを公言する人はたくさんいます。

でも、いままた、みなさんも強く感じていると思いますが、ナチスのような意見をもつ人が増えています。しかも、それをおおやけに発言して、みなさんのような難民の方、あるいは移民の方に暴力をふるったり、暴言を投げつけたりしています。

それを考えると、わたしたちは、ドイツがおかした過去のあやまちをくり返し思い出すことではじめて、それを未来への教訓にすることができるのだと思うのです」

講師は受講生を見まわした。そして、

「みなさんはドイツの歴史など、自分には関係がないと思うかもしれませんが、この国でこの国の人といっしょにくらすからには、この国がどのような歴史、恥《はじ》、反省をかかえているかを知っておくことがとても大切です」とことばを結んだ。

## ♣人びとと社会

第3パートの「人びとと社会」では、日常生活のさまざまな場面や状況《じょうきょう》を例に挙げながら、ドイツの習慣や決まり、宗教《しゅうきょう》の多様性などを学ぶ。外国人がドイツ社会になじみ、仲よくいっしょに生活していくために欠かせない知識だ。とても大切なので、このパートにも十分な時間が取られている。

ジャミーラのクラスのこのパートでの講師は、ドイツ在住歴が20年以上になるモロッコ人の男性だった。

「ヨーロッパでは、わかい女性がそでなしの服を着たり、ミニスカートをはいたりしていても、ふしだらとはいえません。ですから、そういう人をジロジロ見たりしてはいけません。みなさんだって、スカーフをかぶっているからといって、ジロジロ見られるのはいやでしょう。

また、女性が男性の目をまっすぐに見て、ニコッと笑ったからといって、特別な意味はありません。親切な態度をとっているだけです。

女性が男性に握手《あくしゅ》を求めてきたら、それにこたえて握手《あくしゅ》をしましょう。それがドイツでの礼儀《れいぎ》です。実は、わたしもドイツにきたばかりのころはとまどいました」

いく人かの男性受講者は、顔をくもらせた。イスラム教徒の多くは、たとえ握手《あくしゅ》であっても、知らない女性の肌《はだ》にはふれてはいけないと教えられているからだ。

時間のとらえ方も要注意ポイントだ。

「仕事の開始時間は、きちっと守りましょう。少しぐらいおくれてもかまわない、などと思ってはいけません。この講座《こうざ》でも同じですよ」

講座《こうざ》にいつも遅刻《ちこく》をしてくる受講者が首をすくめた。

「学校でも家庭でも、子どもをたたいたりすれば、罰《ばっ》せられることがあります」

講師がそういうと、だれかがムッとして反論《はんろん》した。

「子どものしつけは親の役目です。ときには愛のムチが必要なのではないですか」

「たとえ、それが『愛のムチ』だったとしても、手を上げることは暴力です。禁止されています」

講師は答えた。

## ♣ドイツ人になるための試験

すべての講義が終了し、いよいよ「ドイツでの生活」試験だ。

このテストでは、インテグレーションコースの内容をまとめた310の質問から、33の問題が出される。33問中15問以上に正解した人は合格だ。ドイツに長年住み、ドイツ国籍《こくせき》を取得しようとする人は、17問以上に正解しなければならない。試験に合格すれば、「ドイツの国籍《こくせき》を得るための知識がある」とみなされる。310もの質問のなかから、どれが出題されるかはわからない。だから、公開されている310問のすべてを勉強しなければならない。

マックスのお母さんは、ジャミーラを特訓するために、質問一覧《いちらん》をパソコンにダウンロードした。

夕食が終わって、いつものように食卓《しょくたく》でお茶を飲んでいると、

「なかには、わたしにもわからない質問があるのよ。おもしろい問題もあるから、きょうは、クイズごっこをしてみない？」

とお母さんがみんなに提案した。

「いいね。おもしろそう！」

と、みんな賛成した。

「では問題です。つぎの問題の正しい答えを、ⓐ、ⓑ、ⓒ、ⓓの4つのなかから選んでください。それでは、最初の問題です」

お母さんは、すっかりクイズ番組の司会者になりきっている。

「ドイツは法治国家です。法治国家とはどういう意味でしょう。ⓐこの国のすべての住民、そして国は、法律《ほうりつ》を守らなければならない。ⓑ国は法律《ほうりつ》を守らなくてもよい。ⓒドイツ人だけが法律《ほうりつ》にしたがわなければいけない。ⓓ裁判所《さいばん》が法律《ほうりつ》をつくる」

「正解はどれでしょうか」

「ⓐだと思うけれど。もしかしてⓒかな」

マックスはちょっと迷った。

「答えはⓐです。わたしたちだけでなくて、国、つまり政治家や警察官《けいさつかん》だって、ドイツの法律《ほうりつ》にしたがわなければいけないの」

お母さんが答えた。

「では、つぎの問題です。ドイツ国歌の出だしの歌詞はなんでしょう」

「あれ？　テレビでサッカーの国際試合を見ていると、開始前にはいつも国歌の演奏《えんそう》が流れるよね。だから、メロディは知ってるんだけど……」

と、マックスは答えた。すると、お父さんも、

「わたしも知らないな。出だしとさいごのことばぐらいは知ってるけどね。ドイツ国歌はナチス時代にも使われていたから、あんまりおおっぴらに歌うもんじゃないよ。ドイツ国歌の歌詞を勉強する必要なんてあるのかね」

と、にがにがしい声でいった。

それを聞いて、マックスはびっくりした。マックスの友だちはみんな、国歌が流れると、それに合わせて歌うからだ。お父さんやお母さんの世代とマックスたちの世代では、国歌に対する感覚がちがうらしい。

お母さんは、「まあ、時代の流れには勝てないのかもね」といって、お父さんをなぐさ

めるように肩《かた》を軽くさすった。

「じゃ、今度は少しおもしろい問題よ」

「あなたが通勤《つうきん》で使っているバスの路線が廃止《はいし》されようとしています。路線がなくならないようにするために、あなたにできることはなんですか。ⓐ路線を存続《そんぞく》させるための市民運動に参加するか、自分で市民運動を起こす。ⓑスポーツクラブで体をきたえて自転車で通勤《つうきん》する。ⓒ税金をはらっているのだから税務署《ぜいむしょ》に苦情をいう。ⓓ町の営林署《えいりんしょ》に手紙を出す」

みんな笑ってしまった。

「スポーツで体をきたえるっていうアイデアも悪くないじゃない。ふふふ。ぼくだったら、ⓑにするな」

とマックスは、いった。

お父さんは、

「わたしは、ⓒにしたいな。税金をはらっているのはたしかなんだから。でも、正解はもちろんⓐだろうね。バス路線は税務署《ぜいむしょ》の担当《たんとう》ではないもの」

# 10 ドイツ人になる

124
Aufgabe 231
Was bedeutet der Begriff „europäische Integration"?
Damit sind amerikanische Einwanderer in Europa gemeint.
Der Begriff meint den Einwanderungsstopp nach Europa
Damit sind europäische Auswanderer in den USA gemeint.
Der Begriff meint den Zusammenschluss europäis
Staaten zur EU.
Aufgabe 232
Wer wird bei der Europawahl gewählt?
die Europäische Kommission
die Länder, die in die EU eintreten dürfen
die Abgeordneten des Europäischen Parlaments
die europäische Verfassung

「つぎは宗教《しゅうきょう》の問題よ。ドイツの市民は、『宗教上《しゅうきょうじょう》の寛容《かんよう》の原則』にしたがって生活しています。では、宗教上《しゅうきょうじょう》の寛容《かんよう》とは、つぎのうちどれを指すでしょうか。ⓐイスラム教の寺院を建ててはならない。ⓑすべての人間は神を信じる。ⓒだれもが信じたいものを信じることができる。ⓓどの神を信じるかは、国が決める」

「マックス、答えはどれかしら?」

「えっと。ⓒだよね」

マックスは自信なさげに答えた。

「その通り。わたしたちの国では当たり前のようなことが、当たり前でない国もあるの。そういう国からにげてきた人もいるのよ。つぎの問題にいきます」

「2歳《さい》の子どものいる女性がある会社の求人に応募《おうぼ》しました。不採用の理由が、つぎのうちどれの場合、差別とみなされるでしょうか。ⓐ英語が話せないから。ⓑ高い給料を望むから。ⓒ経験がないから。ⓓ子どもがいるから」

「ⓓだね」

お父さんは、また、かんたんに正解を答えた。ⓐではないかと思ったマックスは、びっくりしてお父さんにたずねた。

「へえ。どうして『英語が話せないからだめです』というのは差別じゃなくて、『あなたは小さな子どもがいるからだめです』というのは差別なの？　むずかしいなあ」

「英語の能力は仕事と関係した、いわば資格だけれど、子どものあるなしは個人の身の上であって、仕事をするための資格ではないからだと思うよ」

マックスは、お父さんの説明を聞いても、完全には納得《なっとく》できなかった。


「じゃあ、これはどう？　大人向けの問題だけど」

「22歳《さい》の女性がボーイフレンドといっしょに住んでいます。女性の両親は、このボーイフレンドが好きではないので、これが気に入りません。両親はどうすることができるでしょう。ⓐ成人したむすめが自分で決めたことなのだから尊重《そんちょう》する。ⓑむすめを連れもどす。ⓒ警察《けいさつ》にいってむすめを告発する。ⓓむすめのために別の男性をさがす」

「ムスタファだったら、ⓑかⓓと答えそうだな」と、お父さんがいった。お母さんも、「そうね、ジャミーラがなんと答えるか。正解を教えてあげなくては」と、同意した。

「ねえ、正解はどれなの？」

ザラが聞いた。

「もちろん、ドイツでは、大人の女性はたとえ親が反対しても、自分のしたいように生きることができるのよ。だから、正解はⓐよ」

お母さんはそういって、ザラの頭をなでた。


2週間後、ジャミーラは「ドイツでの生活」の試験に無事合格した。お母さんがジャミーラを特訓したおかげだ。

ジャミーラはこうして、インテグレーションコースの認証《にんしょう》を受け取った。ドイツ語を話すことができ、ドイツのことをよく知っていて、ドイツ社会にとけこみ、みんなと生活して仕事をすることができる、という証《あかし》だ。

# 11

# 知り合い混じり合ってくらす

## ♣あの日から2年

マックスがタミムやアフナンたちと知り合ってから、２年が過ぎた。

この２年間でドイツにやってきた難民は、１２０万人以上ともいわれている。それでも、いまではドイツに入ってくる難民の数は、２年前にくらべるとずっと少なくなった――お母さんがいうには、難民そのものが減ったわけではなく、ハンガリーやセルビアなど、難民がドイツに向かうために通過していた国ぐにの多くが国境を閉鎖してしまったため、難民がドイツまでやってこられなくなったからに過ぎないのだけれど――。それで、体育館などにベッドをならべた一時受け入れ施設《しせつ》のほとんどはとじられ、難民は、市町村の難民用住宅《じゅうたく》や民間の住宅《じゅうたく》に移り住み、新しい生活をはじめている。

難民の子どもたちの大半は、学校に通っている。大人の難民も、およそ32万人がインテグレーション教室に通いはじめた。

それでも、難民の未来は明るいとはいえない。ドイツにやってきてから1年後に就職《しゅうしょく》できた人は、10人に1人しかいない。ドイツ語ができず、資格や専門《せんもん》知識、技術をもつ人が少ないことが、大きな原因だといわれている。

## ♣小さな交流会

マックスの父方のおばあちゃんは、ときどき、ひとりでマックスの家にやってくる。マックスたちに会うことも目的のひとつだけれど、田舎《いなか》では見ることのできない展覧会《てんらんかい》や催《もよお》し物を見るためだ。

あるとき、おばあちゃんはマックスのお母さんといっしょに、難民との小さな交流会に出かけた。おばあちゃんは、あまり気乗りのしないようすだったけれども、お母さんが、

「お義母《かあ》さん、こういう機会はあまりないのですから、ぜひいっしょにいきましょう」

と強くさそったので、仕方なくついていくことにしたのだ。

「知っている人もいないし、どうすればいいのかしら」

おばあちゃんは、ずっとそんな心配していたけれども、どうやらそれは思い過ごしだっ

たようだ。

会場となった幼稚園《ようちえん》の教室に入ると、「こんにちは！」と、明るい声とあたたかい笑顔でむかえられたのだ。まるで、会場にいるだれもが、おばあちゃんのことを昔から知っているかのようだった。おばあちゃんは、そのなごやかな雰囲気《ふんいき》にほっとした。

会場にはドイツ人の女性、スカーフをかぶった女性、赤ちゃんを連れたわかい夫婦、難民らしい男性など、さまざまな国のいろいろな年齢《ねんれい》の人たちがいて、いすをせっせとならべたり、もち寄った食べものや食器をテーブルに出したりしていた。

おばあちゃんとお母さんは、かべにかけられた難民たちの自己紹介《じこしょうかい》を読んだり、テーブルや食器を運ぶのを手伝ったりした。

交流会の準備が終わると、みんな、思い思いの席につき、会がはじまった。

「まず、みなさん、自己紹介《じこしょうかい》をしましょう」

そう提案したのは、交流会を企画《きかく》したモニカさんだった。モニカさんは、お母さんが難民支援《しえん》の活動をするうちに知り合った女の人で、ほかにも、難民とドイツ人による演劇《えんげき》を主宰《しゅさい》するなどしている。

自己紹介《じこしょうかい》は、スカーフをかぶった中年の女性からはじまった。

「わたしは1年前にシリアからきました。シリアでは薬局を営んでいました。ここでも、薬剤師《やくざいし》として仕事をしたいと思っています。このような交流会があって、とてもうれしいです」

「ぼくもシリアからきました。先日『いっしょに食事』というイベントに参加しました。インターネットのホームページに募集《ぼしゅう》広告を出した人の家に応募者《おうぼしゃ》が集まって、みんなで食事をするというイベントです。ぼくは、ドイツ人の学生が募集《ぼしゅう》した食事会に応募《おうぼ》しました。かれのアパートで出されたクレープ入りのスープは口に合わなかったけれど、いろいろな人と話すことができて、とてもたのしかったです」

「わたしはチュニジアからきました。夫とこの子と3人で、この町に住んでいます。もっとドイツ語ができるようになりたい。来年は、この子を保育園に預けて、ドイツ語教室に通う予定です」

それぞれの自己紹介《じこしょうかい》に、みんなはうんうんとうなずいたり、ほほえんだり、笑ったりする。

おばあちゃんの番になった。

「わたしはこの町に住んでいるわけではありません。北ドイツの小さな町に住んでいます。きょうは、息子《むすこ》のお嫁《よめ》さんにさそわれて参加しました。みなさんとお会いできてうれしいです」

「そんなに遠くからいらしたとは。ようこそ！」

モニカさんがいうと、みんなが大きな拍手《はくしゅ》をくれたので、おばあちゃんは、ちょっとはずかしくなってうつむいた。

## ♣おかしのパーティー

自己紹介《じこしょうかい》のあとは、おかしパーティーとなった。パイの皮でつつまれた小さなおかし、ドライフルーツやナッツのあんこをつめたパン、ジャガイモ入りのミニパイなど、どれも、参加者の手づくりだ。

「こんなおかしもあるのね」と、おばあちゃんもお母さんも目を丸くした。

部屋のすみでは、「古着交換会《こうかん》」がひらかれていた。参加者が、自宅から不要となった服や靴《くつ》やアクセサリーをもち寄ってならべているのだ。どれも無料。気に入ったものがあれば、自由にもち帰ってよいのだ。だからフリーマーケットではなく、「古着交換会《こうかん》」なのだそうだ。

パーティーの最中、おばあちゃんは、スカーフをかぶった女性に話しかけられた。

「お子さんは、お孫さんは?」

まだ、ドイツ語がたどたどしい。

「子どもは2人います。孫は3人です。あなたはどちらからいらしたのですか」

おばあちゃんは、ゆっくり、はっきり質問した。

「わたし、イラクから。まだ、イラクに息子《むすこ》、います」

「さぞかし心配でしょうね」

「はい。毎日、息子《むすこ》のこと、思っています。過激派《かげきは》におそわれる? 爆弾《ばくだん》の下にいる? とても心配」

おばあちゃんは、なんといってなぐさめればよいか、わからなかった。どんなことばもうそっぽく聞こえてしまいそうだったからだ。

おばあちゃんは勇気を出して、いかにもイスラム教徒らしくひげを生やした男性とも話した。

「ドイツの生活にも慣れましたか」

「少しずつ。こういう会やドイツ語教室にもいくようにしています」

「お友だちはできましたか？」

「難民施設《しせつ》の人とは話しますが、ドイツ人の友人はできません。どうやって友だちになってよいかもわからない」

女性たちにとっては、友だちをつくるのはもっとむずかしいことのようだった。

「ほとんど家に閉じこもって、子どもの相手だけをしています。この会にくるのがただひとつのたのしみです。ほかの人と話せるから。このように、ドイツ人の女性と話せることがうれしいです」

2歳《さい》ぐらいの男の子をだいたわかい女性はそういって、日ごろの孤独《こどく》な心の内を明かした。

## ♣おばあちゃんの心変わり？

「どうでしたか？　知らない人に会うというのも、たまには気分転換《てんかん》になってたのしいものですね」

交流会が終わり、家に帰る道すがら、お母さんは、おばあちゃんに感想を聞いてみた。

「たのしいというよりも、田舎《いなか》町の小さな世界、せまい心が少し広がったような気分がしたわ。世界にはいろいろな人生があるんだって知って。

それに、まさかイスラム教徒の人と知り合うなんてね。これまでなら想像もできなかったことよ。でも、知り合ってみれば、わたしとそんなに変わらないものね。イスラム教徒、キリスト教徒、なに人だなんて、そんなことに関係なく、同じ人間どうしだから、わかり合うこともできるんじゃないかしらって思ったわ」

おばあちゃんは、しみじみとそういった。

おばあちゃんのなかで、難民に対する考え方がいくらか変わってきたことが、お母さんにはとてもうれしかった。それでも、そのことを口には出さないでおいた。おばあちゃんの心の秘密《ひみつ》かもしれないから。

## ♣本当のインテグレートとは

マックスのお母さんはこのところ、ちょっとうかない顔をしている。

ジャミーラがインテグレーションコースのテストに合格したことは、世話人としてはとてもうれしいニュースだった。「でも」と、お母さんは考えこんでしまうのだ。

「ちがう文化や習慣で生きてきた人に、こちらの価値観《かちかん》や道徳心を一方的におしつけるなんてことはできるのかしら。これまでの習慣をすっかりすてて、こちらに合わせろといっているようなものでしょ」

夕食後、コーヒーを飲みながら、お母さんは、お父さんにそんな風に話しかけた。

お母さんは、ナジーブたちを招待してワッフルを焼いたときのことを思い出していた。約束した時間になってもナジーブたちがやってこずに、心配したこと。

「あのときは、ちょっとムッとしたけれど、いまならわかる気がするわ。人によって、時間の感覚だってちがうのよ。太陽に合わせて、ゆったりと生きている人も世の中にはいるんです。せかせかと生きるのではなく、自然のリズムに合わせてゆったりとくらす。そんな生き方だって、尊重《そんちょう》すべきなんじゃないかしら」

これまで支援《しえん》してきた難民の女性たちのことばもよぎっていた。

——故郷《こきょう》では大家族でくらしていました。それに近所とのおつき合いもたくさんありました。だから、子どもは家族だけでなく、ご近所みんなで育てていました。でも、ドイツでは、そんな交流は全然ありません。なんでも自分だけで決断し、子どももひとりで育てなければならないので、大変です。

——ドイツの女性たちは、週末はどこにいるのですか。公園にも川原にもすがたが見えません。故郷《こきょう》では、週末になると家族や近所の人たちといっしょにピクニックに出かけたりして過ごします。大声で歌ったり、おどったり。ドイツではそういう機会がないのでさびしいです。

「いろいろな難民の人たちと知り合ったおかげで、たくさんのことを学ばせてもらったわ。わたしたちも外国の文化や習慣を知って、おたがいのやり方を尊重《そんちょう》し合いながら、いっしょにくらしていくのが一番大事じゃないかしら」

## ♣うれしいニュースと悲しいニュース

マックスはといえば、実は、「インテグレーション」にことさら頭を悩《なや》ませることもなかった。タミムやアフナンといっしょに学校で学んだり、サッカーをしたりするのは、ごく当たり前のことになった。だから、タミムたちが難民で外国人だなどということも、もう意識しなくなった。

「ジュリアンはドイツ人だけれど、ぼくとは相性が合わない。タミムはドイツ人じゃないけれど、ぼくはタミムと遊ぶのが好きだし、話すのもたのしい。その子がなに人かなんてことは、ぼくには関係がないや」

ある日、マックスが教室に入ると、タミムがとてもうれしそうな顔をして、マックスにとびついてきた。

「どうしたの、なにがあったの」

「やっと、お母さんと妹がドイツにこられることになったんだ。みんなでいっしょにくらせるんだよ！」

シリアからきたタミム一家は、難民としてドイツにとどまることを正式に許可されていた。それで、タミムのお父さんは、妻とむすめをドイツによび寄せる申請《しんせい》を出していたのだ。それから2年、申請《しんせい》がようやく通ったのだった。しかも、ふたりは徒歩でも、そまつなボートでもなく、飛行機でやってこられるのだ。

マックスは心からタミムの幸せをよろこんだ。2年前にタミムがかいた絵を思い出した。涙《なみだ》ににじんだ、お母さんと妹の絵。

タミムはもう、涙《なみだ》を流さずすむだろう。思う存分《ぞんぶん》、お母さんにあまえることができるだろう。妹に新しい故郷《こきょう》となったこの町を見せたり、ことばを教えたりすることができるだろう。「本当によかった」と思ったら、マックスの目からも涙《なみだ》がこぼれた。よろこびの涙《なみだ》ならいくら出てもいいや。


でもその日は、悲しいニュースも待っていた。ナジーブの難民庇護申請《ひごしんせい》が却下《きゃっか》されてしまったのだ。学校が終わって家に帰ると、お母さんが、ナジーブから電話があったと教えてくれた。お母さんはかんかんにおこっていた。

「難民の申請《しんせい》が却下《きゃっか》されたという通知がきました。わたしたちはアフガニスタンにもどされるかもしれない。どうしたらいいかわかりません。わたしの故郷《こきょう》ではタリバーンがまた勢力をもり返して、事件がしょっちゅう起こっているといいます。子どもたちのことを考えても、いまは帰れません」

# 11 知り合い混じり合ってくらす

電話口でナジーブは泣いていたそうだ。

ナジーブはアフガニスタンで、イスラム原理組織「タリバーン」から「仲間に加わって手伝え」とさそわれ、それを断わると「殺す」とおどされた。それで、妻と子どもを連れて、ドイツににげてきた。

けれども、ドイツ政府は2016年にアフガニスタンのいくつかの地域《ちいき》を安全だとみなす見解を出し、アフガニスタン難民から出された庇護申請《ひごしんせい》の半分ぐらいを却下《きゃっか》するようになった。却下《きゃっか》された難民は、いずれ強制的に国に送り返される運命にある。そのなかには、ドイツ語をしっかりと学び、仕事もして、ドイツ社会にすっかりとけこんでいた人びともいる。

お母さんは、すぐに知人の弁護士に連絡《れんらく》して、決定に対する不服申立《もうした》てを提出することにした。けれども、アフガニスタンへの強制送還《きょうせいそうかん》がとりあえず延期《えんき》されたとしても、難民としてみとめられなければいつ送り返されるかわからないし、ナジーブが正式に働くこともできない。不安定な状態はずっとつづくのだ。

## ♣未来を明るくするためにできる「小さなこと」

　夕食が終わり、マックスはテレビをつけた。8時のニュースをやっている。このところ、テレビの画面には、アメリカのトランプ大統領ばかりが登場する。マックスは、お父さんに聞いた。

「このごろ、難民のニュースってあんまり聞かないね。もう問題は解決したってこと?」

「そんなことはない。ドイツには、いまでも年間数万人の人が入ってきているっていうし、これまで入ってきた人たちが、ドイツで教育を受け、ちゃんと仕事についていくというのは、かんたんではないと思うよ」

「難民はいつかこなくなるのかな」

「いや、シリアやイラクの紛争《ふんそう》はいまもつづいている。たとえ、それらがやっと終わっても、また別の争いが起こるかもしれない。宗教弾圧《しゅうきょうだんあつ》、独裁《どくさい》政治、腐敗《ふはい》政治なども難民発生の原因になる。

　それに、貧富の差はますます広がっている。貧しくて、日々の食べものにもこまる人が、豊かに見える国に行きたがるのは当然のことだと思う。地球温暖化《ちきゅうおんだんか》の問題も深刻《しんこく》だ。これからは、干《かん》ばつや洪水《こうずい》、嵐《あらし》などがますますひどく、ますますひんぱんになるだろう。自分が住んでいる土地が海の底にしずんでしまったり、ひからびて、作物がまったく育たなくなってしまったりしたら、よそににげるほかない。

いまや、環境《かんきょう》破壊《はかい》が原因で難民になる人の数は、戦争による難民よりもずっと多いそうだ」

「いやなことばかり話さないでよ。ぼくの未来はすっごく暗いっていわれているみたい」

「だからこそ、そういう未来にならないように、わたしたちもなにかしなければいけないわ」

お母さんは、まったくあきらめていない。

「ぼくにもできることはあるの？」

「一人ひとりができることは小さくても、みんながすれば、大きく変えることもできるのよ。地球温暖化《ちきゅうおんだんか》を止めるには、たとえば、省エネをするとか。石油や石炭や天然ガスを節約して、太陽光や太陽熱、地熱、風力のような自然エネルギーを使うようにすることも大事ね。ものを大切に使って、むだなものを買わないことだってできるでしょう」

「そんなことで、世界がよくなるのかなあ。難民がそれで少なくなるなんて、信じられないよ」

「信じられなくても、やってみるほかないね。さ、まずは、きみの部屋の明かりを消してきたらどうだい？　部屋を出るときは明かりを消す、難民のためにね」

お父さんはにやっとして、こうこうと電気のついたマックスの部屋を指さして、そういった。

まさか、難民の話が、省エネと関係があるとは思いもしなかった。でもひとつ、マックスの心に残ったお母さんの言葉がある。

――小さなことでも、みんながなにかをすれば、大きく変わるかもしれない。

「タミムやアフナンとこれからも仲よくして、タミムたちがひとりぼっちにならないようにすること。難民の子たちが差別されたり、いじめられたりしないように、ヴァルターやパウルたちといっしょに応援《おうえん》していくこと。そして、タミムたちといっしょに勉強していくこと。それが、難民のためにぼくがいまできる『小さなこと』なんだ」

マックスの心はぐんと広がっていた。

## あとがきと解説

わたしが住むドイツには、2015年から2016年にかけて、120万人ともいわれる難民がおし寄せました。

この本では、当時、そしてその後の2年間に、ドイツでどんなことが起こり、ドイツ市民がどんなことを体験し、感じ、考え、実行したのかを、実際にあったできごとや事件をモチーフにして、物語風に書きました。

それでは、そもそもなぜ、ドイツにこれほど多くの難民が入ってくることになったのでしょうか。背景を少しだけ解説しておきます。

2011年、中東の国・シリアで、独裁《どくさい》政治をつづけるアサド政権《せいけん》に反対する人びとと、それを武力でねじ伏《ふ》せようとした政府軍とが衝突《しょうとつ》し、内戦に発展《はってん》しました。のちには、イスラム教過激派《かげきは》の組織「IS（Islamic State）」とのあいだでも、紛争《ふんそう》になりました。

シリア国内の多くの町が、爆弾《ばくだん》によって大きく破壊《はかい》されました。銃撃《じゅうげき》戦もくり広げられ、

5年間で25万人もの人びとが命を落としました。女性や子どももたくさんなくなりました。紛争《ふんそう》はいまもつづいていて、食糧《しょくりょう》や水が不足し、毎日のように人が死んでいます。

紛争《ふんそう》によって、シリア国民の半数を超える1200万人以上もの人びとが故郷《こきょう》をはなれ、国内の別の地域《ちいき》やレバノン、トルコ、ヨルダンなど近隣《きんりん》の国ぐにに避難《ひなん》しました。これらの国ぐには難民であふれ、その生活は悲惨《ひさん》な状態になりました。そのため、多くの難民が、ヨーロッパを目ざすようになりました。イラクやアフガニスタンなどからにげてきた人びとも同様でした。

このように、ヨーロッパにわたる難民は、2015年よりも前から増えつづけていたのですが、ドイツにやってくる難民の数は、2015年の夏を境に激増《げきぞう》しました。それは、難民の受け入れに関してヨーロッパの国ぐにが交《か》わしている「ダブリン協定」という取り決めを、ドイツとオーストリアの両政府が「ハンガリーからやってくる難民に限って適用しない」と決めたことが原因でした。

ダブリン協定というのは、「難民が最初に到着《とうちゃく》した国が、難民認定《にんてい》などの責任をもつ」とする取り決めです。

シリア、イラク、アフガニスタンなどからの難民の多くは、トルコからボートや船で海をわたって、ヨーロッパの入り口であるギリシャにたどり着きます。ギリシャもダブリン協定に参加しているので、本来ならば、ギリシャは取り決めにしたがって、難民たちの認定申請《しんせい》を受けつけなければなりませんでした。

しかし、ギリシャには、難民にきちんとした住まいや仕事をあたえるだけの経済的《けいざいてき》な余裕がなく、難民は野宿をしなければならなかったり、水やトイレもままならなかったり、という場合すらありました。

そこで、難民たちのほとんどはギリシャにはとどまらず、さらに、歩いたり、列車に乗ったりして、マケドニア、ブルガリア、セルビアなどを通過して、ハンガリーまでやってきたのです（巻頭地図と写真参照、バルカンルート）。とくに、マケドニアやセルビアはダブリン協定に参加していないため、難民たちのおもな避難《ひなん》ルートとなりました。

ハンガリーは当初、ダブリン協定にしたがって難民を登録し、受け入れしましたが、難民の数はハンガリーだけでは対処できないほどまで増えつづけ、数千人もの人が野宿やテント生活を強《し》いられました。しかも、難民の大半はハンガリーでの登録を拒否《きょひ》し、オーストリアやドイツ行きの列車に乗ろうとしました。ハンガリーの警察《けいさつ》は、それを阻止《そし》せざるを得ませんでした。こうして、２０１５年の８月から９月にかけて、大量の難民がブダペスト駅周辺にあふれるという異常な事態になりました。

業《ごう》を煮《に》やした一部の難民は、２００キロメートル以上もはなれたオーストリアを目ざして、高速道路を歩き出しました。難民の列には女性や子どもも混じっていました。長旅で弱った体に夜間の寒さが加わって、途中《とちゅう》で倒れてしまう人も出ました。死者も出ました。

異常事態がピークに達した９月４日の晩《ばん》、ハンガリー政府は、数千人の難民をバスでオーストリアとの国境まで運ぶことを決定し、それをオーストリアとドイツの政府に伝えました。オーストリアとドイツの首相は、国境までやってくる難民を力づくで追い返すか、それとも入国を許可するか、数時間以内の決断を迫られました。

９月５日の未明、２人の首相はついに「例外的な臨時《りんじ》措置として、ハンガリーからくる難民のオーストリアやドイツへの入国を許す」という決定を出しました。

こうして、２０１５年の秋、毎日、数千人から１万人近くもの難民が、列車などに乗ってドイツにやってくるという事態が起こったのです。

市民の多くは、「ようこそ、難民！」とあたたかくむかえました。ところが、「ドイツでは難民を歓迎《かんげい》してくれる」といううわさが広まったためか、その後は、もっと多くの難民がドイツにやってくるようになりました。すると、はじめのころの歓迎《かんげい》ムードはほとんど消え去り、「受け入れを制限すべきだ」と考える人びとが半数をこえるようになりました。背景《はいけい》のひとつには、難民がドイツ市民とはまったくちがう文化、習慣、考え方、宗教《しゅうきょう》をもっていることがあげられます。加えて、難民が引き起こしたとされる事件が発生したことで、「難民のなかに、犯罪者やテロリストが混じっているかもしれない」という不安や恐怖心《きょうふしん》がドイツ社会をおおい、難民を拒否《きょひ》する感情や態度につながっていったのです。

そこで、ドイツは、ほかのヨーロッパの国ぐににも、難民の受け入れを分担《ぶんたん》してくれるようにたのみましたが、協力してくれる国はありませんでした。

2016年に入ると、難民の避難《ひなん》ルートになっていた国ぐにには、つぎつぎと国境ぞいに鉄条網《てつじょうもう》を設置し、難民が通過できないようにしてしまいました。また、ヨーロッパ連合（EU）は、トルコと取り決めをおこない、ギリシャにわたろうとする難民をトルコにとどめさせ、それでもわたってしまう難民の一部をトルコにもどす対策《たいさく》をはじめました。

この結果、2016年の春からは、ドイツに入ってくる難民の数がそれ以前にくらべてはるかに減りました。

それでも、難民問題は、いまもドイツ社会に暗いかげを落としています。「難民を追い出して、ドイツはドイツ人だけの国にしよう」といった、人種差別的な主張をする団体や政党《せいとう》が、一部の市民の共感や支持を得るようになったのです。同じような主張は、オランダ、フランス、オーストリアなど、ほかのヨーロッパの国ぐにでも強まっています。

そんななかでも、マックスのお母さんのように難民家族の相談相手になって、住まいや仕事をさがしてあげる人、放課後に難民の子どもの宿題のめんどうをみる人、難民にドイツ語を教える人、難民との交流の場やイベントを企画《きかく》・実行する人など、難民の支援《しえん》に積極的に参加する人びとがたくさんいます。

「自分たちは幸運にも、戦争も迫害《はくがい》もない生活を送っているのだから、せめて難民のためになにかしたい」と、民間の支援《しえん》団体や市の担当者《たんとう》にすすんで協力を申し出るのです。

難民と交流する人びとは口をそろえて言います。「助けるなんて、大それたことをしているわけではない。異なる文化や考えをもつ人びとと知り合うことで、自分も学び、心の世界を豊かにすることができる。こちらもなにかをもらっているのだ」と。

いま、ドイツにやってきている難民たちのほとんどは、紛争《ふんそう》や迫害《はくがい》で故郷《こきょう》を追われた人びとです。けれども、たとえ世界中の紛争《ふんそう》がいつか解決したとしても、地球温暖化《ちきゅうおんだんか》を原因とする土地の水没《すいぼつ》、干ばつ、砂漠化《さばくか》、洪水《こうずい》などで、生活の場所をうしなう「環境難民《かんきょうなんみん》」は、今後ますます増えるといわれています。

将来《しょうらい》、環境《かんきょう》難民がおし寄せてきたとき、受け入れる側の人びとはどうするでしょうか。心のとびらをとざして、自分たちの豊かさをかたくなに守るでしょうか。それとも、同じ人間なのだからと、自分たちがもっているものをわけ合うでしょうか。

この本に登場するマックス一家、タミムやアフナン、ナジーブなどはすべて架空《かくう》の人物ですが、物語のなかで起こる大小の事件は、ドイツで実際に起こったことです。学校の授業、講座《こうざ》、催《もよお》しものなどのようすも、登場人物たちがかわす会話の内容も、実際の意見や発言、できごとや体験を元にしています。

ヴァルターとパウルのモデルとなったヴァルター君（Walther Stoewer）とパウル君（Paul Stoewer）兄弟は、学校生活のようすや、難民生徒との友だち関係についてくわしく話してくれました。ふたりの母親であるミリアムさん（Miriam Schmidt-Thomé）は、小学校2年生の担任《たんにん》教師として、たくさんの難民児童を教えています。わたしは、ミリアムさんのおかげで、彼女の授業を参観し、難民生徒と話し、校長先生にインタビューさせていただくことができました。

オットフリートさん（Otfried Wischnat）と姉のクリスチアーネさん（Christiane Spitznagel）からは、かつて、東プロイセンから命からがらにげてきた体験を聞くことができました。

このほか、たくさんの知人・友人に、難民家族との関わりについての体験をお話しいただきました。みなさまに、この場を借りてあらためてお礼を申し上げます。

最後に、ドイツの難民問題についての話を小学校高学年から中学生向けの児童書に仕立てるという勇敢《ゆうかん》な企画《きかく》をくださった合同出版の上野良治社長、ならびに、構成の段階《だんかい》から文章の直しにいたるまで、きめ細かいご提案で助けてくださった編集部の植村泰介氏に、心から感謝いたします。

２０１７年12月

ドイツ、フライブルクにて　今泉みね子

注記：ニーナさんが語る体験（１１２ページ）は、難民に関する小冊子（Susan Schädlich 著"Wenn Menschen flüchten", Carlsen 発行）を参考にしています。

**今泉みね子**（いまいずみ　みねこ）

東京都生まれ。

国際基督教大学教養学部自然科学科生物学（生態学）専攻卒業。

1983年から1986年に、西ドイツのフライブルク大学に子連れ留学する。

1990年からフライブルクに永住、ヨーロッパの環境政策・対策について執筆・講演・調査、動植物や環境問題に関する英語・ドイツ語書籍の翻訳を行う。

**[主な著書]**

『みみずのカーロ シェーファー先生の自然の学校』（合同出版、1999）『6000000000個の缶飲料 町をかえたマリーとF組の子どもたち』（合同出版、2001）『森の幼稚園 シュテルンバルトがくれたすてきなお話』（共著、合同出版、2003）『クルマのない生活 フライブルクより愛をこめて』（白水社、2008）『脱原発から、その先へ ドイツの市民エネルギー革命』（岩波書店、2013）。

■ブックデザイン：岡田恵子（ok design）
■装画・挿画：島田恵津子

**ようこそ、難民！**

**100万人の難民がやってきたドイツで起こったこと**

---

2018年2月15日　第1刷発行
2019年8月1日　第2刷発行

著　　者　今泉みね子
発 行 者　上野良治
発 行 所　合同出版株式会社
東京都千代田区神田神保町1-44
郵便番号　101-0051
電話　03（3294）3506
FAX　03（3294）3509
振替　00180-9-65422
ホームページ　http://www.godo-shuppan.co.jp/
印刷・製本　株式会社 シナノ

---

■刊行図書リストを無料進呈いたします。
■落丁・乱丁の際はお取り換えいたします。

---


ISBN978-4-7726-1339-2　NDC913　216×151

## 子どもたちにしあわせを運ぶチョコレート。

世界から児童労働をなくす方法

白木朋子［著］

おおぜいの子どもたちがカカオ畑で過酷な労働を強いられている現実。児童労働のないチョコレートを広めていこう！

15年／A5判／144ページ／１４００円 ■好評2刷

## ぼくのお母さんを殺した大統領をつかまえて。

人権を守る新しいしくみ・国際刑事裁判所

アムネスティ・インターナショナル日本 国際人権法チーム［編］

国際刑事裁判所のしくみ、理念、取り組み、今後の課題などを解説。〈高遠菜穂子さん推薦〉

14年／A5判／160ページ／１４００円

## 妹は3歳、村にお医者さんがいてくれたなら。

わたしたちが900万人の人びとに医療を届けるわけ

国境なき医師団日本［編著］

最低限の医療を受けられない人びとがいる——。世界の人道危機の状況と医療援助の現実。〈サヘル・ローズさん推薦〉

13年／A5判／160ページ／１４００円 ■好評2刷

## ぼくらのアフリカに戦争がなくならないのはなぜ？

小川真吾［著］

アフリカの現実とその背景にある複雑な構造を解き明かす『ぼくは13歳 職業、兵士。』続編！〈冨永愛さん推薦〉

12年／A5判／160ページ／１３００円 ■好評3刷

## ぼくが遺骨を掘る人「ガマフヤー」になったわけ。

サトウキビの島は戦場だった

具志堅隆松［著］

ガマの奥でうずくまる少年、正座して自決した住民。沖縄戦の遺骨と戦争遺物が語る真実。〈沖縄タイムズ出版文化賞受賞〉

12年／A5判／160ページ／１４００円 ■好評2刷